TEIXEIRA COELHO
JEAN-CLAUDE BERNARDET

OS HISTÉRICOS

uma novela

COMPANHIA DAS LETRAS

Capa:
Kiko Farkas

Preparação:
Marcia Copola

Revisão:
Marcos Luiz Fernandes
Otacílio Nunes

Dados de Catalogação na Publicação (CIP) Internacional
(Câmara Brasileira do Livro, SP, Brasil)

Coelho, Teixeira, 1944-
Os histéricos : uma novela ; Teixeira Coelho, Jean-Claude Bernardet. — São Paulo : Companhia das Letras, 1993.

ISBN 85-7164-292-3

1. Ficção brasileira I. Bernardet, Jean-Claude. II. Título.

92-3426 CDD-869.935

Índices para catálogo sistemático:
1. Novelas : Século 20 : Literatura brasileira 869.935
2. Século 20 : Novelas : Literatura brasileira 869.935

1993

Todos os direitos desta edição reservados à
EDITORA SCHWARCZ LTDA.
Rua Tupi, 522
01233-000 — São Paulo — SP
Telefone: (011) 826-1822
Fax: (011) 826-5523

OS HISTÉRICOS

OS HISTÉRICOS

Roma, sexta-feira, não sei quanto de junho...

Tico,

Nem precisa responder a esta carta: daqui a dias chego aí, capaz até que chegue antes dela. Diga-se de passagem, não fará grande diferença, as que mandei no decorrer dessa viagem também não receberam resposta. Já sei, você dirá: como, não respondi?, e no seu belo estilo acrescentará que as "tempestades atlânticas" desviaram a rota das suas mal traçadas linhas. É a angústia que me leva a te escrever nestes últimos dias romanos. Como você sabe, estou hospedada na casa da Leila, saí um pouco para sentar numa mesa de calçada e ver gente andar na rua, simplesmente andar, o clima na Leila não dá mais para agüentar, estou sendo injusta. Anteontem, ela foi lavar roupa na máquina, pegou uma calça da filha e mecanicamente esvaziou os bolsos. Encontrou um macinho de papel de fazer cigarros e uns rabiscos, mais ou menos o seguinte: despesa 20 mil ou 40 mil, não lembro, Albano 30 mil, outros... lucro não sei quanto. Na hora, não entendeu. Leila é intuitiva, relacionou com o papel de cigarro: Luísa terá comprado e vendido droga!!!! Não queria acreditar. Durante a manhã toda ela não sabia o que fazer, falar com a filha ou não. Na hora em que Luísa voltou da escola, não agüentou e falou. Luísa negou tudo, mas Leila foi muito jeitosa e a moça acabou reconhecendo, mas não tinha nenhuma importância, era a primeira vez, era tão pouco, só para ter um dinheirinho para o fim de semana. Leila não sabia se devia falar com o pai dela que agora mora em Paris. Albano, você não conhece, é o filho do segundo casamento de Ahmed e está passando uns dias em Roma com Leila e Luísa. Leila acha que Albano exerce má influência sobre Luísa. Falar com o pai da Luísa? Leila está apavorada só de pensar nisto, Ahmed é tão machista que é capaz de pegar o primeiro avião e bater na menina, mandá-la para um internato. Não falar com Ahmed também não é possível, porque o filho está envolvido, mas principalmente porque Leila não quer arcar sozinha com tamanha responsabilidade. Ela fica até com vontade de mandar a filha de volta para o pai. Acho que não dá, Luísa se dá mal com o pai. Dizer a Ahmed que o filho dele deve ser o responsável é muito delicado, porque aconteça o que acontecer sempre toma partido em favor do filho: no menor atrito, esses dois formam um verdadeiro clube de cavaleiros árabes contra Leila e a filha. Ahmed vai responder que Leila se deixa enganar pelo jeito ingênuo de Luísa, que de ingênuo só tem o jeito. É verdade que você lhe daria, como dizem os franceses, o bon dieu sans confession (essa expressão é uma graça). Mas que Luísa vive mentindo e disfarçando, e com seu charme meio brasileiro, meio francês, meio árabe (uma vez Ahmed realmente falou isso), ela envolve Albano que é violento e estourado, mas não passa de um garotão indefeso. Falar com o menino também é delicado: vai fazer escândalo, gritar que não teria coragem de persegui-lo, como sempre faz, se o pai estivesse aqui. No fundo, para Leila esse não é realmente um problema, ela sabe enfrentar Albano, mas receia que a reação provavelmente violenta de Albano possa prejudicar Luísa.

Não se alarme com esses borrões que desfiguraram minha linda caligrafia: não são lágrimas, são as primeiras gotas de uma chuva primaveril que me obrigou a me recolher dentro do café. Você deve estar meio enfastiado e se perguntar por que não espero uns dias para lhe contar tudo isso de viva voz. É que acabei envolvida. Leila fica o dia todo girando em torno do telefone: ligo? não ligo? Em verdade, ela chamou Ahmed uma vez em casa, à tarde. Ela não podia deixar de saber que não o encontraria em casa nessa hora. Mas no seu desamparo ela acha que eu devo resolver, aconselhá-la, lhe dizer o que fazer, até falar com Luísa ou com Albano, o que não tem sentido. A situação é mais delicada do que você pensa — aliás, não sei o que você pensa. É que tanto Luísa como Albano sabem que os pais consumiram drogas, eram os anos 68, você sabe, todo mundo fumava. Até devem ter visto os pais fumarem, ou adivinhado, uma ou outra vez. É um argumento forte que as crianças têm contra os pais: por que vocês e nós não? Vai explicar que eram outros tempos, que era uma atitude filosófica, que não era compulsivo, e assim mesmo muitos se deram mal. Não sei o que dizer a Leila, não sei mesmo, tanto mais que não está em condição de raciocinar, já está vendo a filha freqüentando marginais, viciada. 16 anos é uma idade delicada. E você sabe muito bem o que penso da droga. Mas de repente, diante da situação da Leila, fico em dúvida se devo expor as minhas posições, fico em dúvida, diante de uma situação concreta, se devo continuar a pensar o que penso. E se, no fundo, é isso que realmente eu penso. Sabemos o que realmente pensamos? Bom, daqui a pouco estaremos na mais complexa filosofia.

Mas o que mais me perturba, pode não ser a situação da Leila — talvez seja por isso essa premência em lhe escrever: não posso deixar de pensar no Rubinho. E se lhe acontecesse, como eu reagiria? Ele já tem 20 anos, sinto que está psicologicamente consolidado, não tenho o que temer. Assim mesmo, fico ansiosa.

Mais uns dias em Roma, pelo menos quando não estou na casa da Leila, curto a primavera e suas flores. A chuva parou. Pense em mim.

Lu

Lu querida,

Você sabe que penso em você. Você bem sabe o quanto penso em você. Não precisa pedir. Não precisa pedir, nem recomendar. E sabe também o que penso de você ter ficado na casa da Leila, que nunca foi a casa da Leila, você sempre soube disso também, sempre foi a casa do Ahmed. Não sei como essa idéia lhe passou pela cabeça. Não acho que compense a economia que você está fazendo e, se conheço você, sei que não deve ser tanta porque você deve estar comprando frutas todo dia, não sei, ou vinho, vinho não porque Leila deve ter uma imensa adega. Mas alguma coisa você está gastando. E isso compensa ficar na casa do Ahmed, mesmo ele não estando aí? Não venha me falar de meus preconceitos mas você sabe também, estou me repetindo mas, que fazer, você sabe também que nunca pude suportar nem os fanatismos de todos os tipos, os religiosos em particular, nem hipocrisias de um fanático disfarçado como o Ahmed. Para não ser de todo injusto, não suporto as hipocrisias de uma pessoa que tinha ou tem ou teria tudo para ser refinado intelectualmente, e talvez seja, e que finge o tempo todo uma religiosidade que todos sabemos que ele não pratica. Ou, o que talvez também seja válido, não suporto um fanático que finge ser refinado e que no entanto é um perfeito fanático. O que ele fez com a Leila pra mim continua inadmissível (meu pai é que dizia assim, inadmissível), não sei como ela pôde suportar todo esse tempo. Ela, com todos seus sonhos de sair daqui, viver no Primeiro Mundo e quando chegou aí acabou nas mãos desse Ahmed. Não sei, não entendo, acho que nunca entenderei as mulheres. Não venha me dizer que nunca entenderei porque eu nunca quis entender. Mas não compreendo o que as mulheres lindas vêem em homens horríveis como o Ahmed. Pra mim, é alguma tara. Sempre que digo isto alguma mulher que está por perto reclama mas é isso mesmo e no fundo as mulheres sabem que é isso mesmo. Mulher gosta de carroceiro, quanto mais feio e grosso e cretino, melhor. Talvez você perceba um tom de irritação no que escrevo. Se parece irritação, é porque é mesmo. É uma irritação com esse cretino do Ahmed e é uma irritação com essa boba da Leila, detesto gente que sofre porque escolhe sofrer. Esse tipo de gente, pra mim, eu risco do meu caderno. Enfim, você sabe que não risco, mas me irrita. Mas não pense que é só irritação com a Leila ou o Ahmed, é com você também por você ter se metido aí. Eu também detesto ficar sozinho quando viajo, tanto quanto você. Acho. Perto de onde você está tem a via Augusta, não? (aí também) com uns hoteizinhos simpáticos e razoáveis no preço, cafés, algumas trattorias tranqüilas, lojas, se te desse um ataque de solidão seria só dar dois passos e se jogar no colo da Leila, como você sempre fez. Se é que você está realmente sozinha. Você sabe muito bem que só fica sozinha quando quer. Mulher só fica sozinha quando quer, nosso problema, de homem, é totalmente outro. E eu brinco mas no fundo me irrito com essa conversa toda de mulher, primeiro que é oprimida e que o marido isso e aquilo. Depois, com essa tranqüilidade olímpica com que as mulheres resolvem ficar sozinhas ou não. Enfim, estou me irritando demais.

Esse problema, então, com os filhos dela. Se você não quisesse que eu te dissesse alguma coisa, não teria mencionado o assunto. Te confesso que esse problema para mim por um lado é uma coisa muito abstrata. Outro dia fui numa festa. Não era bem uma festa, era um jantar de aniversário na casa de uns amigos de uns amigos meus. Foi aqui ou foi lá?, não me lembro. Geralmente não vou a esse tipo de coisa, você me conhece. Nesse dia, fui. A uma certa altura, os amigos dos meus amigos começaram a conversar entre si, mas em voz alta, sobre drogas, quanto fumavam, quanto cheiravam, a que horas, onde. E um desses amigos de meus amigos contou como os filhos deles, sete e nove anos, um casalzinho, viam eles fumando e cheirando, ou percebiam que fumavam e cheiravam — e depois iam contar na escola. Achavam mais ou menos natural fumar na frente dos filhos e tal. Depois, deixaram de falar sobre o que faziam: foram para o quarto e começaram a fumar ali. Eu e meus amigos somos mais velhos que os amigos de meus amigos e fiquei com a impressão que iam fumar no quarto para sair de minha vista. Não digo de *nossa* vista, minha e de meus amigos, porque meus amigos acompanham mais ou menos. O que quero dizer é: toda aquela falação sobre fumar às abertas e tal e depois saem da sala para fumar escondido. Eu, me sinto de um outro mundo. Hipocrisias, no fundo. Você, escrevendo daí, me faz pensar no Pasolini. Lembra quando ele escreveu o famoso poema contra os estudantes de 68? Eu gostaria de assinar embaixo. Em outras palavras, tudo isso me deixa indiferente. Seu problema com o Rubinho eu quero entender melhor. Por sua causa. Como não pretendo ter filho, não terei esse tipo de problema. Um a menos.

Invejo você aí, como é fácil de imaginar, porque aqui continuamos na mesma merda de sempre. Você perdeu o rebu com o livro da ministra. Uma cena deplorável. Ópera-bufa. Não chega a isso: opereta de bulevar. Dizem que os japoneses não sentem vergonha individual mas têm um agudo senso da vergonha social. Por aqui, pode ter havido um tempo em que o inverso era verdadeiro: as pessoas tinham vergonha individual e nenhuma vergonha social. Agora, parece que nem vergonha individual têm. Não sei te dizer se abriram a porta do hospício e deixaram todo mundo sair.

Portas não, abriram os porões. Tudo de podre vem à tona. Ninguém mais se incomoda com nada. No fundo é a velha história de sempre: falem mal mas falem de mim. Depois dizem que não temos memória histórica. Temos, sim, só que guardamos apenas as coisas ruins, os fracassos, a moeda falsa. Você vir me falar dos filhos da Leila me parece uma história de outro planeta.

Falar da Leila, não sei se ela, se vocês já estão sabendo das novidades sobre a irmã dela, a Lina (minha vida sempre foi povoada por mulheres com nome em L!, um dia preciso pensar sobre isso — um dia te conto que andei pensando em consultar um babalaô, veja você como terminamos todos — e não foi só "andei pensando"). Acontece todo dia, mas é sempre como se acontecesse pela primeira vez, no fundo não vamos nunca deixar de achar isso um escândalo: largou o marido, saiu de casa, deixou os filhos porque ia ficar com, agora não sei bem se italiano ou americano, um professor universitário. Só sei que o professor acabou não vindo e ela ficou na mão. Um rolo imenso. Ela está mal. Não deve ter escrito pra Leila, é orgulhosa demais pra isso.

Hoje é um sábado daqueles que adoro, frio forte que só o outono tem, não o inverno, já está escurecendo, tudo cinzento, as folhas das árvores simbólicas que tenho na varanda se mexem com um vento que posso imaginar frio, frio. Tudo em silêncio lá fora, é um fim de semana prolongado (odeio essa gíria de imprensa, que gruda na cabeça), não posso amar esta cidade mais do que a amo assim. Adoro este tempo, me sinto vivo, não faço nem questão de estar aqui e você aí. Tinha muita coisa pra te dizer mas eu quero sair agora, sentir o frio lá fora, adoro fazer isso: sair para sentir o frio, expor-me ao frio, deixar que o frio pressione os neurônios na cabeça, a pele do braço, a testa. Sair, andar e depois entrar num bar e tomar um café e um copo de vinho. Se você estivesse em Veneza eu pediria para você ir tomar em meu nome um copo de vinho branco na praça de San Marco olhando as águas falsas do Adriático e os vaporettos ao sol — velha paixão, os vaporettos. Mas em Roma, meu anjo, neca. Roma é muito vulgar. Lugar de macarronada com molho bolonhesa. Como o Ahmed.

Não pense em mim.

Vou sair antes que a cidade acabe.

Meu caro,

Acho que você tem razão, somos masoquistas. Eu, o meu masoquismo consiste em quê? Em conversar com você, me abrir, te escrever, e esperar resposta. Te coloquei uma situação muito concreta, difícil, dolorosa, e você me responde generalidades antropológicas ditadas pelo teu mau humor. E que história é essa de eu cair no colo da Leila? Não seria o contrário? Deveria manter com você uma correspondência filosófica, mas caiu de moda. Além do mais, Ahmed não é feio. É um bruto, um fanático, não fingido, fanático mesmo, que vive contradições. O integrismo se implanta com força cada vez maior, e ele lá, bem de vida, numa capital ocidental onde seus amigos passam o tempo elaborando frases irônicas sobre a derrocada dos valores. Nada disso justifica o que fez com Leila e o que Leila deixou que fizesse (não posso deixar de concordar com vossa excelência). Mas feio, não é. Ou você teria veleidades racistas? Onde você está, racismo antiárabe não preocupa muito. Aqui, é diferente.

Vou dar o braço a torcer, o que me irrita, mas fazer o quê? Pois bem, não voltei. Me pediram fotografias, o Instituto do Mundo Árabe, em Paris (pelo qual Ahmed não morre de amores). Lá fui eu, mas só porque era o Instituto Árabe (pelo qual eu morro de amores), e também é bem pago. Há um jeito de fotografar o prédio trabalhando o vidro, a estrutura metálica e todas as partes vazadas, escadas, poço dos elevadores. Você perde qualquer noção de perspectiva. A foto vira uma superfície, já revelei dois filmes, superfície reticulada. Dependendo dos ângulos, pode-se obter desenhos simétricos, rendas que filtram a luz. Não é o que faço. Destruo as regularidades e as fotos viram circuitos de linhas e de reflexos de linhas que se cruzam. O essencial é obter esses cruzamentos sem perspectivas. Já consegui umas quatro fotos mais ou menos satisfatórias, me pedem dez. Engraçado, mas isso se liga com o "professor universitário" da Lina. Você não sabe, mas o conhece. É o Mendoza, de Buenos Aires. Lina, aí, não deve ter revelado o nome do sujeito. Ela me telefonou assim que voltei a Paris, acho que não quis ligar enquanto estava na Leila. Você o encontrou, tenho impressão, no lançamento de um livro do Haroldo. Conversou com ele, é um sujeito enorme de gordo e de alto, parece maltrapilho, sujo, anda de cadarços sempre desamarrados. Sempre fico pensando que, se pisar em cima, vai deslanchar uma catástrofe ecológica. Não é fácil de esquecer. Mendoza — *mentalmente* — é absolutamente sedutor. É um físico, com produção poética e filosófica genial. Só publicou poemas esparsos e alguns artigos, mas faz muita palestra. Me lembro de dois versos, soltos: "lá reina um fundo sem fundo", e "liberado do início bem como do fim". São poemas diferentes, que esqueci, só me ficaram esses versos flutuantes. Não juro nada quanto à fidelidade do texto. Para ele, o pensamento, as ações, os sentimentos, tudo são linhas que vão se desenvolvendo ao acaso. Elas se cruzam. Os cruzamentos formam condensações, imantações. Há cruzamentos densos, outros leves. Podem ser pessoas que se cruzam, conceitos. Durante um tempo essas condensações são ativadas, e as linhas seguem. Pensei nisto para fotografar o Instituto. Não sei o que aconteceu entre ele e Lina (a densidade do cruzamento ativado), por telefone não dá para saber. Parece que tinham resolvido viver juntos (versão Lina), ele ficou de voltar para seguirem para a Europa. E mais nada. O que é perfeitamente lógico por parte dele. Lina embarcou e se deu mal, não entendeu nem podia entender o Mendoza. Não sei qual a situação agora, você deve ter informações mais recentes. Acho que deveria falar com ela, sair um pouco. Ela tem que voltar para o marido, os filhos. Mas, por favor, não lhe dê conselhos, simplesmente saia, vão tomar um vinho, assistir às tuas palestras, para ela agüentar esse fundo de poço onde deve estar se torturando. Sabe o que mais me inquieta, ou me espanta? Ahmed e Mendoza são dois homens diferentes em tudo, inclusive na beleza. Um acredita na revolução islâmica, o argentino vive suas condensações flutuantes. Mas Leila e Lina tiveram a mesma atitude em relação a eles: abandonaram tudo para se meter com homens inviáveis para elas. São homens mais do que interessantes, um integrista em crise, um físico sem chão. Mas nem Leila podia agüentar a força convicta do Ahmed, entrecortada por acessos em que se injuria por ter abandonado seu país, acessos que se manifestam por uma violência desmedida contra os outros. Nem a coitada da Lina, tão dona de casa, sensível e culta, mas no fundo preocupada com a estabilidade do seu dia-a-dia, podia seguir meandros e volutas estéticas do Mendoza. Há um programa, parece, nas filhas desta família: se estabelecem, com filhos, cristais e prataria. Se sentem presas, encontram o grande sedutor — inviável, mas não se dão conta —, e aí surge o cataclismo que as destrói. Seria interessante saber se Luísa vai se comportar desse jeito, mas é jovem ainda, esperemos uns dez anos.

À guisa de conclusão, lhe faço observar que meu nome não começa com L, é Melússia, apenas vulgarmente cognominada de Lu, que o cumprimenta carinhosamente.

PS — Dá umas notícias a seu respeito: além de tomar frio e vinho, o que anda fazendo, como vai a herança, assinou o contrato como queria??? Dessa vez, voltarei antes da resposta, mais uns três dias no Instituto e acabo.

Lu

Tico,

"Fique longe dela. Puta é má companhia. Não haverá segunda vez."

Traduzido em português, é o que diz o bilhete que deixaram no hotel. Não tem assinatura. Quem poderia ter escrito isto? Só o Ahmed. Leila lhe deu meu endereço? Li no elevador, não dei maior importância. Agora estou com medo. Não sei se devo telefonar a Leila, a ele, não tenho o telefone do Ahmed. Mudar de hotel? Seria confessar que estou amedrontada. Não estou te pedindo conselho. Se quisesse conselho, te telefonaria.

Reli, não entendo. Tinha lido "fique longe da Leila", agora penso que este bilhete sujo se refere a Luísa. Com Luísa, nem conversei. Que próxima vez? Não entendo.

Qualquer coisa que aconteça, você sabe que recebi essa ameaça.

Vou ao cinema. Não conseguirei prestar atenção no filme, mas vou.

Não vejo a hora de estar de volta.

Lu

Terceiro dia consecutivo que te escrevo. Depois dessa, como sustentar que não confio em você? E não confio mesmo, pode crer. Não sei, talvez porque você esteja longe. Ou eu que estou longe de você. Se estivéssemos na mesma cidade — o que não vai demorar a acontecer — procuraria outro confidente. Reli sua última carta. Sumamente irritante. Inclusive porque atesta que, com toda a sua finura psicológica, não entende nada de solidão. Essa coisa de que você sente solidão, então vai à casa de uma amiga e passa, não é assim. Você sabe, e só diz isto para mascarar a sua própria solidão. A solidão é algo entranhado. Quando ela te pega, você pode se cercar de amigos, a solidão continua tão sólida e firme como antes. A solidão é visguenta, quando te pega o melhor é sair pela rua, se cercar de desconhecidos, é o que faço, e ela se dilui, se espraia pelos outros. Uma comunidade se cria.

Não é para falar de solidão que escrevo, mas de um problema realmente assustador. Hoje cedo recebi um telefonema do redator da revista, queria ver as fotos do Instituto. Respondi que o trabalho não estava concluído. Muito amável, alegou que não tinha importância, que levasse o que já estava pronto. Levei cinco ampliações, tamanho inferior ao previsto, ainda testes. Era uma espécie de secretário, me recebeu gentilmente, mas achei seu comportamento hesitante. Pediu que esperasse um pouco na sala dele. Voltou meia hora depois para dizer que a revista não aceitava as fotos. Motivo? Não cheguei a conclusão nenhuma. Insisti. Teria havido uma mudança de linha na revista. Que mudança, que linha? O sujeito me responde com evasivas. Acharam o trabalho uma droga, só pode ser isto, e não quiseram dizer. Queriam fotos convencionais. Até propus trabalhar a perspectiva, combinar fotos externas com internas (pretendia fazer só internas). Ele, irredutível. Mudança de linha. Mas, imagine, a senhora não terá prejuízo algum, não precisa devolver o adiantamento recebido. Se o que já recebeu não cobrir as despesas, é só apresentar faturas. Saí deprê. Fui ao laboratório, examinei os negativos, estão perfeitos. E as fotos estão boas. Estão mesmo. É uma interpretação gráfico-filosófica da arquitetura de Nouvel.

Não sei o que fazer. Não tenho mais o que fazer aqui. A caminho do hotel, tive uma iluminação. Não há mudança de linha coisa nenhuma. As fotos estão boas. Simplesmente o seguinte: Ahmed entrou no circuito e me tirou da jogada. Como provar? Qualquer coisa que eu disser, a resposta será sempre uma enigmática mudança de linha. Telefonei a Leila. Ela acha bem provável. Ele ligou para ela, uma fúria contra mim, proibiu a Luísa de falar comigo e — veja a loucura — proibiu a Leila de me receber em casa. Mas estão separados, a casa não é dele, ele paga o aluguel, como parte da pensão que deve pagar pela menina. Não pode mandar assim na vida da Leila. E a Leila, bem, amolece, não enfrenta, receia que lhe tirem a filha. A questão da droga até ficou para trás. O mais fantástico é como eu entro nesta história. Não tenho nada a ver com isso. Sou amiga da Leila do Brasil, de longa data, mas nunca me meti nas suas relações com Ahmed, ele mal me conhece. Conversamos muito, ela e eu. Quando estamos longe, nos telefonamos e nos escrevemos bastante, mas Leila age por si mesma, faz o que quer. Não é uma marionete, eu puxando os cordões. Leila acha que talvez ele nem se lembre de mim, mas seu furor se estende a todos e tudo o que cerca a filha. Os outros que são podres, Luísa permanece pura e intocável.

Não sei o que fazer, não há muito o que fazer, a não ser voltar. Não dá para ficar zanzando por aí tentando vender minhas fotos, geniais fotos. Enfrentar os árabes é batalha perdida. A revista é deles e para eles serei sempre do lado do colonizador, mesmo sendo brasileira, morena, olhos pretos etc. etc., mas fui apresentada por uma francesa, no porta-fólio muita foto publicada na França, o diploma é francês, brasileira ou não, para eles sou francesa.

Agora uma piada para terminar: Rubinho telefonou e me "instou" (deve ter procurado a palavra no dicionário) a voltar. E uma ameaça: já recebeu dois telegramas anunciando a minha volta, que não se confirmou; se acontecer uma terceira vez, vai pedir asilo na *sua* casa!!!

Lu

Lu,

''Algumas pessoas perdem seus últimos valores quando rompem as cadeias de sua servidão.'' Ou algo assim. Bem pouca coisa me sobrou da montanha de livros que li. Esse comentário faz parte dessa minoria quase muda. Ficou na minha cabeça, não sei por quê. Você dirá que ficou, claro, por ter tocado uma corda em meu reacionarismo. Você não tem razão, se pensar isso. Você não entende nada de reacionarismo, Lu meu bem, nem do contrário disso. Me lembrei dessa passagem pensando em Lina. Conheci o Mendoza que você mencionou. Não sei se ele é tão interessante quanto você diz. Você pode estar certa. O que Lina viu nele é fácil de adivinhar: o exato contrário da vida que levava. Com seus pendores vagamente intelectuais (no tempo de minha vó acho que diziam ''com sua alma de artista''), deve ter ficado encantada quando um escritor lhe deu atenção. O que Mendoza viu nela também não é difícil de entender: uma mulher bonita, juventude, paixão e sem dúvida sexo. Além disso, poderia esperar de Lina muita adoração. Mais nada. E Mendoza não é o tipo de homem que gosta de adoração. Não o tempo todo. Lina deve ter esperado dele coisas que ele jamais poderia lhe dar. Sexo pode ter sido importante para ela mas antes disso ela queria outro casamento, poder sair por aí de braço com o novo marido, mostrá-lo para os antigos amigos caretas e fazê-los ver que ela finalmente tinha tirado o pé da lama. O problema é que Lina sempre gostou dessa lama. É o mundo dela. Não é o mundo de Mendoza. Mendoza me parece o tipo do homem acomodado — de resto, acomodados somos quase todos. Uma civilização de sofás. Nada que dê muito trabalho vale a pena. Enquanto Mendoza estava protegido pelo marido, pelos filhos, pela situação toda de Lina, tudo estava bem. Quando Lina pôs tudo de lado e deu sinal de que se jogaria sobre Mendoza, ele sumiu. Não pense que o critico. Tenho uma amiga, você não conhece, que vive dizendo que a maioria dos homens não consegue ter um relacionamento estável com as mulheres. Esta amiga é intelectual etc. Nesse assunto, não parece. O que é relacionamento estável? Algo que dure mais de um ano? Relacionamento com uma só? Mera convenção. Mulheres como a Lina querem casar — e escrevo isto para não dizer, você não vai gostar, que *as* mulheres, todas elas, no fundo, querem casar. Nem tudo mudou com essa história de libertação sexual. Sabendo agora quem é a paixão dela, fica claro que não poderia mesmo dar certo. Mendoza é acomodado mas quer viver sua independência. Eu diria que Mendoza fez um tremendo bem a Lina aparecendo na vida dela, Lina provavelmente reconhece isso ou vai reconhecer um dia. Ela terá de reconhecer isso um dia. E fez um bem ainda maior dando no pé. Se ele não tivesse desistido, Lina teria passado de uma servidão para outra, vivendo na ilusão de ter se livrado do marido, da família. As libertações só acontecem na segunda vez. Saindo de cena, Mendoza criou as condições para ela se descobrir pela primeira vez como realmente livre, ou quase isso. E, claro, ela agora não sabe o que fazer. Perdeu as referências. Parece que anda saindo com dois ao mesmo tempo, um industrial bem conhecido e um comerciante mais ou menos idem. Releve a expressão aparentemente careta (quando vamos enterrar o "espírito de 68"?): ela perdeu os valores. Perdeu os valores, mas não perdeu o berço: chega de intelectuais, volta-se às origens...

Eu estava escrevendo isso aí em cima quando recebi sua carta sobre o bilhete de Ahmed. Poderia ter interrompido antes o que escrevia; se estivesse convencido da seriedade da ameaça, poderia ter pego o telefone e te ligado — o que está cada dia mais difícil, pelo dinheiro. (Não sabia que você estava em hotel. Grandes mudanças, hein, menina?) É tudo tão claro quanto um holofote ao meio-dia: Ahmed deve ter o maior tesão por você. Não devo estar te contando nenhuma novidade, não é? Ahmed é do tipo de homem para o qual só existem dois tipos de mulheres: a mãe e a criada sexual, aquela que cuida da casa e vai pra cama com seu homem — o que não exclui pelo menos mais uma combinação: a mãe-criada (as outras variações ficam por sua conta). É possível que ele te veja como uma ameaça, mesmo estando separado — você com todos seus liberalismos e liberalidades, que você ofereceu a todos menos a ele. Mas pode ser que ele queira te ver longe de Leila para que Leila não envenene teu espírito contra ele. Na boca de alguém como Ahmed, a palavra *puta* pode ser um elogio, uma louvação. Boa sorte.

Se Rubinho quiser vir para cá, será um prazer. Se por aí as coisas estão difíceis, aqui estão impossíveis. Não faça a bobagem de desistir agora. O que te prenderia a esta terra aqui?

com um abraço desanimado,
t

Não espere de mim um esforço para convencer Lina a voltar para casa. Se eu estivesse na situação dela, eu — digo: eu — talvez voltasse: pensaria nas crianças, o que elas estão passando deve ser o horror puro, apesar do que dizem todos os evoluídos pós-(outra vez) 68. As crianças são conservadoras nesse tipo de questão. Por insegurança, preferem que se finja que tudo está bem entre os pais. Se eles fingirem, elas também fingirão que acreditam. Estando de fora dessa situação, não mexerei uma palha. Que tudo siga o curso que tem de seguir.

Prezado Antônio Carlos,

Pensei muito antes de lhe escrever, mas resolvi, acho que é um dever. É que estou muito inquieta. Senão, não lhe mandaria esta carta. Certamente, você (ou o Senhor?) não se lembrará de mim. Nós nos conhecemos rapidamente, muitos anos atrás, numa festa, em São Paulo, há certamente mais de dez anos. Sou irmã da Lina, que você deve conhecer, e amiga da Melússia.

Estou inquieta com Melússia. Como você deve saber, ela passou um tempo na França e na Itália. Em Roma, ficou na minha casa. O contato diário possibilitou uma intimidade que me fez perceber comportamentos estranhos em Melússia. Achei, inclusive, que, com o passar dos dias, Melússia tornava-se cada vez mais estranha. Talvez ~~o Senhor~~ você não tenha de forma alguma essa mesma impressão. Pode ser que esteja totalmente enganada, o que espero vivamente.

Chegando a Roma, Melússia me relatou um encontro que teve em Paris com determinado amigo, que não conheço. Falou longamente a respeito. No dia seguinte, perguntei algo sobre esse encontro, e Melússia me respondeu não ter tido contato com essa pessoa havia muito tempo. Não dei maior importância, pensando não ter entendido bem e que ela com certeza se referira a um encontro mais antigo. Ocorre que essa situação se repetiu. Mais de uma vez, disse-me ter encontrado conhecidos, casualmente, e depois negava tais encontros. Duas vezes ela me disse que determinada amiga minha tinha me chamado quando eu não estava em casa; chamei a pessoa, que me afirmou não ter ligado. A repetição dessas situações me chamou a atenção. Inicialmente pensei que Melússia tinha perdas de memória. Mas não no caso do telefonema, não podia ser. Ela estava fantasiando.

A situação tornou-se mais complicada quando Melússia cismou que minha filha estava traficando droga. O filho do meu ex-marido estava em Roma, e Lu teria ouvido umas conversas ambíguas, uma maneira cifrada dos dois adolescentes se referirem a seus negócios escusos. Uma mãe fica sempre inquieta, ainda mais com a questão das drogas que ameaçam os adolescentes das nossas sociedades atuais. Na hora não desconfiei que podia ser mais uma fantasia de minha amiga. Ela me perguntou se queria que falasse com Luísa, minha filha, seria mais tranqüilo para Luísa e mais fácil para ela, por ser apenas amiga, do que para mim, por ser mãe. Consegui convencê-la de não fazer nada disso, eu mesma cuidaria da situação. Dias depois, Lu me diz que finalmente tinha-se achado a prova concreta: um pedaço de papel rabiscado que eu teria encontrado no quarto de Luísa. Acontece que não encontrei papel algum e jamais consegui convencê-la disso. Lu passou a argumentar que eu tinha destruído o papelucho com a finalidade de ignorar a situação, o que demonstrava a minha covardia e a minha irresponsabilidade diante de Luísa. Passou a me acordar de madrugada para conversar, era mais seguro para os jovens não ouvirem e não descobrirem que já estávamos a par. Pressionava-me para falar com o pai da moça, ir a Paris. Chegou a propor que, se eu quisesse, ela avisaria a polícia, pois era melhor se precaver do que se encontrar mais tarde numa situação sem volta. O clima tornou-se insustentável e, apesar de Melússia ser muito amiga minha de longa data, comecei a desejar que deixasse a casa. Esse pensamento não me largava e comecei a me sentir culpada, pois era evidente que Lu sofria e precisava de apoio. Por outro lado, era grande minha angústia de que ela acabasse envolvendo Luísa e Albano, seu meio-irmão. Felizmente, Melússia resolveu voltar para o Brasil e, de última hora, foi a Paris, onde lhe propuseram um trabalho fotográfico. Aliás, essa perturbação, o que *eu penso* ser a perturbação mental de Melússia, em nada altera seu indiscutível talento como fotógrafa. Ela tirou admiráveis fotos de ruas de Roma.

Chegando a Paris, Lu passou a me telefonar insistentemente a respeito das fotos que fazia para uma revista árabe que contratou o serviço mas não o aceitou. Não entendi a razão dessa recusa, mas Lu imaginou que se devia a uma interferência de meu ex-marido, o que é totalmente descabido. Teria havido uma vingança de Ahmed, meu ex-marido, porque ela teria descoberto que nossos filhos traficavam drogas. É um delírio. Melússia sente-se perseguida, vê-se envolvida em tramas que inventa do começo ao fim.

Esse o motivo desta carta. Agora que Lu está no Brasil, me parece, pelo que ela me conta, que você é seu amigo mais próximo. Sei perfeitamente que devo tomar com certa desconfiança declarações de amizade a seu respeito, pode ser mais uma de suas fantasias. Como gosto muito dela, peço-lhe um imenso favor: fique perto dela, observe seu comportamento e, se julgar necessário, tome medidas, enfim, medidas, digamos, sérias. Talvez um médico. Pessoalmente, tenho um pressentimento, talvez sem nenhum fundamento, o que é de se esperar. Melússia está inquieta com seu filho. Talvez receie que Rubinho esteja envolvido ou venha a se envolver com drogas. E esse receio a levou a um delírio, uma paranóia a respeito da minha filha, o que é totalmente sem fundamento. As relações de Melússia com Rubinho não são nada claras, desde que Marcelo se separou dela. Ela esperava que o filho substituísse o apoio masculino de que se viu privada com a separação, o que era exigir demais de um garoto de, na época, uns 17 anos. Ao mesmo tempo em que Lu espera que o filho substitua o pai, ela fala dele, e tenho impressão de que o trata assim, como uma criancinha a quem se deve dar comidinha na boca. Não conheço Rubinho, só o vi quando de fato era uma criancinha, mas... apesar de você e eu não nos conhecermos, sinto a necessidade de lhe transmitir uma informação muito pessoal, talvez indiscreta, se o faço é por considerar que é indispensável, porque gosto de Lu, e porque, acho, você é seu amigo. Então lhe digo: minha irmã, Lina, que talvez você conheça, me disse que Rubinho é homossexual. Melússia nunca me falou nada neste sentido, mas às vezes os pais são os últimos a saber, não percebem as evidências. É provável que Lu tenha intuitivamente percebido a homossexualidade do filho, mas se negue a tomar consciência do fato, e esteja se enredando em delírios loucos por causa de uma situação com que não sabe lidar. Devo dizer que não é nada fácil, para uma mãe, lidar com um filho que apresenta tal característica. Mas a vida é a vida. Não somos avestruzes, e hoje as coisas são diferentes.

Se você achar que estou indevidamente me intrometendo na sua vida particular, peço-lhe perdão. Tenho certeza de que você entenderá que o fiz pelo bem de nossa amiga. E agradeço o que puder fazer por ela.

Saudações amigáveis

Leila

Lu meu bem,

Eu gostaria de *falar* com você, mas pelo telefone é quase tão frustrante quanto não falar, não posso ver você, saber se você está mesmo prestando atenção no que estou dizendo, segurar você para você não me deixar cair — porque é disso que estou precisando, Lu. Ouvir sua voz é bom, mas não é tudo. Mas se não telefono mais, o motivo é um só, no fundo: quase caí de costas quando vi a última conta. Com essa história toda o Renato não me dá mais um tostão e a coisa está preta. Não gosto de telefonar e gosto menos ainda de escrever, acho que em toda a minha vida só escrevi uma ou duas vezes. Nem sei se você vai ler, mas não importa.

Fiquei pensando no que você me disse, no conselho que você me deu. Fiquei pensando porque acho que por algum tempo me pareceu que era uma boa solução, ou que era a solução possível. Mas acho que não é não. Melou tudo, se você quer saber. Papai quer que eu volte de todo modo e eu acho que o Renato até me receberia, meteria o machismo no saco e me receberia porque é interessante para ele. Mas agora quem não quer voltar sou eu. Nando está contra mim, está ficando direto na casa dos avós. Até parece que era ele meu marido. A Manu é que está do meu lado, me sorri, me pergunta por que não volto mais cedo pra casa, quer que eu fique sempre com ela. No fundo, está insegura também.

Mas me quer a seu lado e isso é bom. Eu sei que papai fica colocando o tempo todo minhoca na cabeça do Nando. Ele e o Renato. Mamãe não diz nada, nunca disse nada que contrariasse papai. Descubro agora que nunca soube o que ela pensou na vida sobre seja lá o que for. Sempre concordou com todo mundo, mesmo se cada um estivesse dizendo uma coisa diferente. E o Renato também está confortável na posição dele. Papai lhe dá razão. E claro que tem de dar, sem o Renato papai não faz nada. Ele até comprou um carro novo pro Renato depois de tudo que aconteceu, e eu estou aqui com o meu que está literalmente caindo aos pedaços. Fico me perguntando como é que eu aceito isso. Mas aceito, não vou dar o braço a torcer. O Renato não percebe esse jogo. Não quer perceber. Papai já disse que ele continua na firma, aconteça o que acontecer. Papai não tem escolha. O Renato não é o braço direito de papai, é a perna direita e é isso que o Renato não percebe, isso sempre me irritou nele. Papai manda e desmanda nele, usa ele como office-boy e ele nem percebe. Ou faz de conta que não percebe. Manda o Renato pra cá, manda o Renato pra lá, decide tudo, escolhe tudo. E o Renato posa de ser o dono da firma, quando todo mundo sabe muito bem o que acontece de verdade. Eu não quero mais voltar. Você vai achar que é monstruoso, mas não estou ligando muito. Se o Nando quiser ficar na casa dos avós, ou com o Renato, tudo bem. Vou sentir mais falta da Manu, se eles também me tirarem ela. Mas não sei se vou brigar por causa disso.

Eu entendo e não entendo o que aconteceu. O pior, não sei se é pior mesmo, é que acabei repetindo o que aconteceu com minha irmã, não sei se você sabe disso. Ela também largou o primeiro marido por causa de uma paixão fulminante, e depois a paixão dela sumiu antes de casar e ponto final. A diferença é que ela foi mais esperta, ficou com a casa e com os filhos. E o papai que pague a diferença. Será que é uma tara de família, alguma maldição? Quando eu era pequena ouvia todo mundo dizer que os filhos sempre pagam pelo que fazem os pais. Sei, mais ou menos, que papai sempre teve seus casos, mas ele vivia repetindo que o importante era manter as aparências. Na época eu era criança, não entendia muito bem o que ele queria dizer com isso. Talvez ele esteja agora pagando pelo que fez. Mas se for assim é uma cachorrada, porque quem está pagando sou eu, embora papai viva me repetindo que tem vergonha de encarar os amigos por minha causa. Acho que é mentira dele, encenação, ninguém mais dá bola pra isso. Ele é que não pode suportar a idéia porque comigo foi mais grave para ele por causa do Renato e da firma, papai sabe que não vou mais trabalhar pra ele, esperança que ele nunca nem pôde ter com a Bia porque ela mandou ele passear desde o começo. Mas acabei repetindo o que ela fez, quase tintim por tintim. Eu não sei o que deu errado. Não entendo o Mendoza. Pelo visto, parece que nunca entendi. Não quero falar nele. Acho que nunca vou entender os homens. Meus melhores amigos são homens, mas nunca vou entender os homens que forem mais que amigos, ou será "menos que amigos"?, os homens com quem a gente tem um caso, enfim. Me lembro de um dia logo depois de nosso casamento, não fazia nem um ano. Era aniversário do Renato, então eu fui e comprei calcinha, sutiã, liga, meia-arrastão, tudo vermelho com rendinhas, sexy como manda o figurino. Quando ele estava entrando em casa, corri pra cama, me deitei e fiz uma pose e tal, você sabe. Ele entrou no quarto e perguntou o que era aquilo. Disse que era um presente de aniversário e que o presente era eu. Ele ficou uma fera, disse que não sabia que tinha casado com uma puta, que o que eu estava pensando, fez um escândalo, que se eu estava querendo dar que saísse por aí. E naquela noite, nada. Fiquei sem entender nada, não sabia onde enfiar a cara de vergonha. Passei anos achando que eu tinha dado uma tremenda mancada, que a culpa era mesmo minha. Depois, com o Mendoza, vi como essas coisas podiam ser. Não quero que o Renato ponha as mãos em mim nunca mais. Como é que você quer que eu volte pra casa? Seria um inferno.

Não estou falando coisa com coisa. Pensei que se escrevesse pra você tudo ia acabar ficando mais claro na minha cabeça, mas não é bem isso que está acontecendo. A verdade é que não sei o que está acontecendo. Estou no fim de minha vida útil como mulher, daqui a pouco só sirvo pra tia. E profissionalmente, o que sei fazer? Gostaria que você estivesse aqui e ao mesmo tempo queria sumir do mapa, desaparecer. Queria que alguém me desse um abraço forte, muito forte.

Sua,

Lina

Lina minha queridíssima,

Adorei receber tua carta que, com certeza, você escreveu logo depois do nosso breve telefonema. Não apenas uma carta de você. Mas esta carta. Você diz que a escreveu para tentar pôr ordem nas suas idéias, e que de nada adiantou, continua a mesma confusão. Longe disso, Lina. Lida por outra pessoa, longe do palco onde se deram os fatos, a carta dá uma impressão completamente diferente, esteja certa. É a carta de uma mulher forte e decidida que vê com nitidez seu caminho pela frente, escolheu esse caminho e resolveu construir seu futuro com energia e decisão, seu futuro verdadeiro. Você não quer voltar para seu pai, e faz muito bem. Não é mais a menininha que busca a proteção nas barbas do paizão. Você é uma mulher vivida que se afirma. Renato que fique com teu pai se quiser, lá estão seus interesses. Renato, se ele te quiser, que te conquiste. Uma segunda vez. E não vai mais conquistar a jovem tímida a ser extraída do lar superprotetor. Ele agora vai conquistar uma mulher livre, não só livre do pai, mas do marido. Do primeiro marido, aquele que ao mesmo tempo é um prolongamento do pai e que, simultaneamente, bem ou mal a gente aceita para se livrar da família. Rompendo com esse primeiro marido, completamos a nossa construção como mulher livre. É o que você é agora, só agora. Forte e pronta para se relacionar com

Renato de igual para igual, de adulta para adulto. Essa penosa situação que você acaba de atravessar é o final feliz de um longo processo, praticamente iniciado com teu nascimento. É a conclusão de uma longa fase da tua vida e o início da tua maturidade. E isto, Lina, é verdadeiro em relação a Renato, mas também em relação a teu filho. Ele terá que lidar não mais com a esposa de seu pai, mas com uma mãe livre. E essa mulher livre, ele também, teu filho, deverá conquistá-la. Essa descoberta, pelo que você me diz, Manu ainda não fez. Mas com ela é mais difícil. Digamos que para ela, sendo menina, em relação à mãe, o processo é totalmente diferente.

Lina, fiquei encantada com tua carta, e vejo que você está prestes a formar com teu ex-marido e teus filhos uma família sobre bases novas e tão mais sólidas, sadias. Relações de dignidade assumida.

Minha querida, não deixe de me escrever e me mantenha a par de tua situação. Ou melhor, em breve falaremos pessoalmente dessa situação (que, aliás, já pertence quase ao passado), o meu retorno é agora iminente, por uns tantos motivos que te contarei depois. Você precisa de força e energia. Ou melhor: você precisa usar plenamente a força e a energia que tua carta demonstra que você tem.

Um abraço muito forte de tua

Lu

Querido,

Passei muito tempo sem te escrever, nem tanto, mas para quem chegou a te escrever dias seguidos... Certamente porque tua última carta teve o dom de me desagradar, não é nenhuma novidade. Achei você do tipo "só pensa nisso". Como te conheço, suponho que pensa também em algumas outras coisas, mas no fundo você é um homem. Senão, como explicar essa tua fantasia de que Ahmed morre de tesão por mim? Tanto isso não é verdade, e deve haver lutas internas — bem compreensíveis — na revista, que me telefonaram para comunicar que a decisão poderia ser reconsiderada. Ahmed deve ter encontrado forte oposição. Me pediram para aguardar novo contato. Daí estar eu aqui em stand by. Sem saber realmente o que fazer. Espero mais? Volto já? Aproveitei esse tempo de espera para um fim de semana em Roma na casa de Leila. Ela me faz falta. Só quando estou na Europa. No Brasil, não sinto saudade dela.

Viajei na sexta, voltei na segunda, foi um tempo curto que eu desejava de tranqüilidade, mas acabou não sendo agradável. Não parou de chover e Leila estava ocupada, de modo que passei muito tempo sozinha em casa. No sábado, fomos jantar em casa de amigos dela. Havia muita gente e também aí não consegui conversar com ela. Tive impressão de que me evitava, uma coisa assim. Uma impressão, sei que em realidade não. Temos tantos assuntos em comum, a agressão, digamos, profissional que sofri de Ahmed, a situação de Luísa, tudo isso nos liga intensamente. Compreendo que as pessoas estejam ocupadas e nem sempre possam se dar aos assuntos importantes e aos amigos, mesmo íntimos. Mas senti que Leila estava um pouco fugindo, não de mim, mas dos problemas que lhe pesam. Às vezes, há gestos, um quase nada, tão reveladores. No jantar, Leila estava de uma elegância discreta mas marcante, um chique que chamo de estrutural. Sem jóia, sem ornamento, um vestido preto caindo liso até o calcanhar numa espécie de crepe, não consegui identificar. Mangas compridas, pretas também, em veludo alemão. Sapato preto, salto seis. Apenas um vestido notavelmente cortado com um jogo de matérias. O corpo esbelto se harmonizava com o vestido, como se ele desejasse este corpo, e o corpo desejasse este vestido. Olhos pretos, cabelos pretos presos e a nuca descoberta, um violeta puxando para roxo nas pálpebras, a boca vermelha. O ideal do fotógrafo. Leila circulava com discrição, quase humilde, falando com uns e outros, sem se deter com ninguém. Essa sóbria harmonia era seguida pelos olhares atentos tanto dos homens como das mulheres. Nem nos olhos e sorrisos dos homens se notava propriamente um desejo, quem sabe algo como um repouso. O que as pessoas talvez mais notassem não era o vestido, mas o perfume. Ela estava perfumada ligeiramente, mas um perfume seco, quase áspero, nitidamente masculino, que contrastava com o vestido. Nenhum problema em Leila ser a mais elegante. Para quem a conhecia, destoava um pouquinho, em geral ela se veste com distinção mas esporte. Achei a situação estranha, não porque era elegante, mas porque era elegante demais. Embora concorrido, era um jantar quase familiar, à la bonne franquette como dizem os franceses. Eles sempre têm expressões diretas que qualificam uma situação com precisão, são difíceis de traduzir para o português. À reunião não comportava um vestido como este. Todo mundo vestia roupas do dia a dia. É como se Leila tivesse forçado a barra. Para mim, isto é um sintoma. Imagino que teu machismo olímpico está pensando: ciuminho entre mulheres — ou entre rachas? — por causa de um pedaço de chita. E veja, não penso que Leila se tenha vestido assim para os outros, mas para si mesma. Para flutuar acima dos seus problemas. Uma típica atitude de escape, perceptível nos menores detalhes, na maneira de segurar o copo, de esmagar o cigarro após três ou quatro tragadas displicentes. Como se isso afastasse Luísa, Ahmed, e a mim, que sempre discuto suas mais graves dificuldades. Leila tenta se enganar a si mesma, não resta dúvida. Porque o fato é que este vestido, caríssimo, data de alguns anos (e não sai da moda, aí a quase-genialidade do costureiro), e está bem acima das suas atuais condições de vida. Foi adquirido na época em que vivia com Ahmed e é um vestígio de um momento de prosperidade. Fiquei inquieta. Mas não pude fazer nada por ela. É claro que voltando para casa, cansadas, eu principalmente por causa da viagem, tendo bebido um pouco, não era o momento propício para uma conversa mais séria. Fiquei com vontade de comentar o vestido, mas não quis tocar num ponto delicado. Adiei para o domingo. Levantamos tarde e Leila tinha prometido a Luísa levá-la a um restaurante um pouco fora da cidade. Apesar da chuva insistente, foi agradável, mas com a presença da menina, não pudemos conversar. Luísa, depois, foi à casa de colegas e Leila anunciou que me levaria à estação. Era o momento oportuno. Reencontrei a Leila minha amiga: tinha guardado um tempo para nossas conversas, como sempre. Conversas que lhe fazem bem, que me fazem bem, mesmo quando dolorosas. Deixamos a Luísa, e Leila decidiu então me oferecer um presente. Uma caixa de bombons recheados, daqueles que tinha levado a Paris na minha última viagem. Sempre a gentileza de Leila. Fomos numa doceira, não tinha, uma outra estava fechada. Podíamos tomar um chá à espera do trem, sugeri, quase implorei. Mas não, Leila tinha encasquetado com esses bombons, e começou uma verdadeira romaria de doceira em doceira. Finalmente, achamos, mas caixas pequenas, Leila queria das grandes. Insisti, para que comprasse uma pequena, nada feito. A hora do trem se aproximava e acabamos indo às carreiras à estação sem ter encontrado a maldita caixa grande. Corremos as duas até o vagão, e na plataforma Leila me abraçou com muita ternura, muita doçura. Senti até lágrimas nos seus olhos. Lamentei que não tivéssemos encontrado tempo para conversar. "Não, a sua estada em Roma foi maravilhosa, curti demais", e me fez prometer que não voltaria ao Brasil sem antes passar outro fim de semana com ela.

Estou novamente em Paris. O dono do hotel já me trata como filha. Sua filha morreu de parto. Aguardo telefonema da revista. Mas não posso ficar assim indefinidamente, inclusive porque as finanças já estão no amarelo e o sinal vermelho é para logo. Vou voltar ao Instituto do Mundo Árabe e fotografar por conta própria.

PS. Você viu Lina? Tem notícia dela? Não sei nada.

Lu

Estimável Leila,

Devo dizer que foi com não pouca surpresa que recebi sua carta. Enquanto durou minha relação com Lina, que não oculto a ninguém, ela pouco me falou de sua existência. Sim, eu sabia que ela tinha uma irmã morando em Roma, mas tudo que eu sabia era pouco mais que isso. Isto para dizer-lhe que me sinto um pouco incômodo com sua carta. Acaso não com sua carta, mas com minha resposta, sim. Gostaria de dizer-lhe algo de preciso sobre este assunto, mas não me ocorre o que poderia ser.

Me parece em todo caso muito forte chamar Lina de volúvel. Impulsiva, seria mais bem a palavra. Creio mesmo que ela recentemente vinha fazendo um esforço muito grande para ser impulsiva, para se permitir ser impulsiva. Algo que ela fazia com consciência. "Sou instintiva, você me conhece", era o que eu mais escutava Lina falar. Poderíamos por suposto conversar durante horas a respeito da diferença entre instintiva e impulsiva. Para mim, Lina é impulsiva. Respeitei e sigo respeitando esse desejo de Lina, que me parece ser algo a que ela se agarra como a um salva-vidas. Todos nós temos em nossos diferentes momentos da vida um salva-vidas a que nos agarramos. Melhor dito, todos nós em nossos diferentes momentos da vida elegemos um salva-vidas no qual nos agarrar. Eu creio que no momento do rompimento de Lina com seu marido, ela descobriu que sua única saída estava em obedecer seus impulsos como ela acreditava que eles lhe apareciam. Por que não? A mim me parece uma saída tão boa ou melhor do que obedecer os impulsos de alguém mais, como um psicanalista. E, por certo, muito mais barato. Nunca me lastimaram as reações impulsivas de Lina. Ao contrário. Era em efeito uma das coisas que mais me atraíam nela. Se rompemos, é muito provável que o motivo tenha sido minha própria incapacidade em me deixar conduzir por meus impulsos. Ou pelos impulsos dela.

O que você me pede está por certo fora de consideração. Em todo caso, fora de meu alcance. Ou de minha vontade, o que é o mesmo. Não me vejo tratando de convencer a Lina a voltar para seu marido, sejam quais sejam os motivos, incluso o relacionamento com os filhos. Me sinto um pouco fora de meu eixo tendo de dizer-lhe que meu gosto pelo insólito (e, neste caso, um insólito muito perto da broma de efeito duvidoso) não chega a esse ponto. Me soa ainda mais cômica, se me permite você estes termos (mas, creia-me, não tenho como evitá-los), a idéia de conversar com o marido de Lina para dizer-lhe que tudo foi um mal-entendido e que nunca houve nada de particular entre Lina e mim ou entre Lina e qualquer outra pessoa. Francamente, não sei como lhe ocorre isso. Renato talvez nunca tenha se convencido de todo que fosse eu o amante de Lina, embora tivesse à disposição muitos indícios nesse sentido. Não posso afastar a idéia de que, numa de suas crises mais abertas, Lina tenha mesmo mencionado meu nome. Mais de uma vez ela me telefonou para dizer que não agüentava mais viver com Renato e que estava indo para minha casa, o que era verdadeiramente uma loucura. E se cheguei a entender um pouco a personalidade de Lina, não excluo a hipótese de que esses telefonemas ela me tenha dado com o marido em casa ou, acaso, na frente dele. Eu sei muito bem que quando alguém não quer ver algo, não vê. Mas conversar com Renato sobre Lina, sobre eles dois, sobre nós dois...

E me desculpe, mas quanto a Antônio Carlos, que vi uma ou duas vezes em São Paulo, socialmente, como se diz (e que acabo de saber que vem a Buenos Aires para um congresso a que os dois estaremos presentes: creio que com efeito a América do Sul é muito pequena, se não o mundo...), por Deus! Seu desespero (desculpe-me usar estas palavras, mas não me ocorrem outras) só posso entender como efeito de um desses momentos (cada vez mais freqüentes) em que Roma é alcançada pelos vapores sempre mais próximos da África e que corrompem o ânimo das pessoas quase tanto quanto o que sobrou de mármore. Minha cara senhora Leila: não logro encontrar seus motivos, que devem ser os mais humanitários, mas como ver cara a cara o ex-amante e o atual suposto amante de uma mulher? Enfim, parece que terei de encontrá-lo de todo modo, na situação desagradável, pelo que sua carta me contou, de saber algo sobre ele e Lina que ele talvez não saiba a respeito de Lina e de mim. Mas você pode estar segura de que de Lina não falaremos. Ainda que isso acontecesse, jamais lhe pediria para abandonar Lina "para o bem dela", como você quer. Sigo gostando muito de Lina para fazer coisas como essa.

Por extensão, sigo gostando de tudo que diz respeito a Lina — e, portanto, também de você. Mas lendo sua carta me escapa irresistivelmente o riso diante do ridículo em que me vi envolvido. Desculpe-me, tenho consciência de que estou sendo agressivo, mas é necessário que saiba que se respondi sua carta foi pelo inesperado senso de ridículo (mais bem: pela ausência de senso de ridículo) que desabou sobre mim ao ler o que você me escreveu.

Perdoe-me e me queira o menos mal possível,

Alberto Mendoza

Lu,

Dois meses que não nos falamos, não nos vemos, não nos escrevemos. ONDE VOCÊ ESTÁ? COMO ESTÃO AS COISAS? E mais importante que isso: ONDE EU ESTOU? Mas, onde você está? Estou escrevendo como num vôo às cegas, sem saber para onde mandar a carta, sem saber quem irá lê-la. Talvez eu mesmo acabe lendo-a, talvez eu mesmo saiba que estou escrevendo para mim mesmo. Como a última carta que te mandei, para Paris, e que me voltou com um carimbo vermelho: RETOUR/INCONNU. Onde você está, afinal? E quem anda lendo minhas cartas? Te escrevi uma vez para Roma só para descobrir, para *intuir* depois, que você estava em Paris. Acho que pelo menos uma carta minha você não leu. Depois, te procuro em Paris e nada. Onde está você? Volto e não encontro nenhuma carta nova sua. O que está acontecendo, afinal?

Verdade que não te avisei antes, mas é que acabei decidindo quase na última hora: estive em Paris. Foi uma viagem que estava se esboçando em minha cabeça pelo menos um mês antes da partida mas acho que só me decidi na semana anterior, não deu tempo para te avisar. Não me pergunte por que só me decidi assim tão em cima da hora. Mas fui. A primeira coisa que fiz foi te procurar. Lá no Michelet-Odéon, que é o último endereço que tenho de você por lá, uma imbecil de uma recepcionista francesa não tinha a menor idéia de quem você fosse, o que achei estranho porque me lembro de você falando de suas relações com o proprietário. Disse que não tinha ninguém com seu nome registrado lá e que não sabia de nada (só depois é que me lembrei de todos seus nomes, na verdade não sei como você se assina agora, como está o nome em seu passaporte: nome de solteira? nome de casada? de desquitada? existe nome de desquitada? de divorciada, seja lá o que for?). Telefonei para o hotel umas duas outras vezes, passei lá pessoalmente outras tantas (fiquei 15 dias a uns 50 metros dali, num hotel da Casimir Delavigne onde me hospedo há vinte anos já — vinte anos!, alguma coisa me queima aqui dentro: vinte anos, vinte anos no mesmo lugar — enfim, não é mais o mesmo lugar, mudaram tudo desde que estive lá a primeira vez, há vinte anos, modernizaram, tout confort, mas é o mesmo lugar: vinte anos, Lu, vinte anos, vinte anos no mesmo lugar, Lu!) e nada de você. Um dia acabei te escrevendo uma nota e voltei ao Michelet para pedir que te entregassem quando (e se) você aparecesse. Era o dia da mesma francesinha idiota. Ela me perguntou como ia te entregar a carta se você não estava lá, eu disse que quando você chegasse era para te dar a carta, ela me perguntou o que ia fazer com a carta se você não aparecesse, jeter à la poubelle? Por um instante eu me contive e disse, irônico, que sim, que se você não aparecesse que ela jogasse a carta no lixo, que era a única coisa a fazer com uma carta cujo destinatário não aparece, jogar no lixo, que jogar no lixo era a única coisa decente a fazer. Mas aí logo me irritei e tivemos um bate-boca. Havia um homem por perto, não sei se era o dono ou um gerente, a imbecil acabou maneirando e a carta ficou lá. Nem sei se me irritei mais com a cretinice da francesa ou se com você, por não conseguir te encontrar. Depois — nada. Duas semanas depois me mudei para o studiô de uma amiga, perto da Opéra, e aí ficou mais difícil ficar passando no Michelet todo dia. Mentira, claro: ficar difícil passar em algum lugar, em Paris? Não passei mais lá porque sabia que você não estava e não estaria.

Onde você está, afinal? Acabei ficando quase um mês por lá. E depois fiquei um mês aqui sem conseguir quase sair de casa, sem conseguir olhar pela janela, e se saía de casa, sem quase conseguir tirar os olhos do chão, sem querer enxergar a realidade e sem querer me ver nesta realidade, minha realidade a esta altura fadada. E sem conseguir escrever para você. Você não me escrevia — eu te escreveria por quê? Na verdade, não te escrevi antes porque não conseguia sequer erguer a tampa do computador. O mundo me pesa nos ombros, não o mundo, este país me pesa nos ombros, minha vida me pesa nas costas, eu estou arrasado, a cada vez que viajo mais difícil é a volta. Não consigo suportar mais nada aqui. Maior que o desespero, maior que a fossa é a dor, tudo me dói, ver as pessoas nas ruas me dói, ver os prédios velhos sem conservação me dói, ver as pessoas me dói, ver a mim mesmo no espelho me dói — e não me doía aí em Paris. Escrevi sem pensar "aí em Paris", mas onde está você? Não sei ainda para onde vou mandar esta carta. Levei umas duas semanas para aceitar levantar os olhos pelo menos naqueles lugares que não lembram muito isto aqui, como o Café Romano da praça Villaboim, você se lembra? já existia quando você estava aqui ou abriram depois? Não saio de lá agora, é onde posso encenar algumas coisas, as pessoas parecem humanas (ia escrever civilizadas, mas nem sei se é o caso), embora saiba que não posso dar um centavo pelas idéias de muitas delas, o cheiro de café que pende no ar quase parece do café que vendemos aí para fora, e tem as bebidas raras nas prateleiras de vidro e eu posso cruzar a rua e comprar um jornal que não me conta a novela grotesca das coisas daqui (podem os jornais ser piores que a realidade que mostram? suspeito que em nosso caso, sim) e então é assim que fico rodeando o Café Romano, esperando ver alguém conhecido para entrar e conversar, ou sem coragem para entrar porque sei que vou repetir um ritual que só eu conheço (bobagem: sei que *eles* também seguem o mesmo roteiro) e então fico cercando o Café Romano e andando pela praça até a Barcelona para comer um croissant pesado e duro, porque nossa farinha não é a mesma daí (daí, onde?, onde você está?), e na verdade eu nunca poderia ter imaginado que meu mundo aqui um dia fosse ficar reduzido aos 40 metros quadrados de uma praça que não sei ainda quanto tempo vai durar. Sem falar nos crimes "com motivo" — como foi que descemos tão baixo que nos escapam, me escapam, expressões assim? — agora se mata nas ruas por nada, por vingança de classe vão dizer alguns, por vingança contra uma família inexistente (porque quem está matando são crianças de dez, doze anos, que talvez estejam matando preventivamente, por legítima defesa antecipada). Todas as previsões teóricas que eu fazia há um, dois anos, se concretizam e fico espantado, como se eu jamais pudesse ter acreditado naquilo que eu mesmo supunha. Mas não é disso que eu queria lhe falar, era de mim, te falar de minha sensação de andar os dias dentro de um cubo de gelatina transparente, sem ar e sem frio — mas, também, que adianta: o que você pode, o que pode alguém me dizer que mude as coisas? E eu continuo acreditando que alguém vai me dizer alguma coisa que me mude as coisas. Deve ser essa a semente da idéia religiosa, não?

Estou aqui na minha mesa com um monte de cartas devolvidas. Que está acontecendo, afinal? Não é um monte, são apenas duas, a sua e uma outra que mandei para o Japão, tenho certeza que o endereço está certo mas o carimbo de retorno é quase o mesmo, até em francês está. São duas mas neste momento me parece um monte. O que está havendo?

Mas não vou falar de mim, não se preocupe (estou dizendo isso para mim, claro, você já percebeu: Não me preocupe, Antônio Carlos). De repente, voltou a urgência de te dizer algo que era urgente ter te dito há dois meses, que acho que te disse e que talvez você tenha lido ou não. Se você não leu, não sei se continua urgente, mas preciso te (re)dizer isso — embora talvez seja menos grave do que pareça. Ou mais grave. Não gosto de diz-que-diz-que mas neste caso é diferente (que caso não é diferente, afinal?). A Leila me escreveu, uma daquelas cartas dos manuais de "como escrever cartas", para me dizer, em síntese, que você anda vendo o que não existe, anda inventando histórias, querendo se meter na vida dos outros, que você anda estranha — em suma, que você está meio pancada. Eu me divirto. É típico. Sazonalmente, alguém é escolhido por alguém para virar louco. Isso deve esconjurar os medos das pessoas: se posso ver que ele ela está ficando louco, é porque eu ainda tenho minha cabeça no lugar. Agora, estão escolhendo você (te explico depois porque o "estão", no plural). Eu, só posso rir. Você me parece perfeitamente normal. Automaticamente, só posso pensar que é Leila quem está pirando — motivos para isso, pensando bem, ela tem de sobra. E depois de receber a carta dela, me chegou uma sua, uma carta onde Leila aparece sob uma luz melancólica mas terna. Pelo que você me diz, foi como se Leila estivesse querendo te recompensar pelo que ela me disse de você. À distância, só posso te dizer uma coisa: cuidado. Você está no meio de um jogo — entre quantas pessoas, não sei mas é um jogo. O que ela escreveu sobre você foi uma besteira. Mas me fez pensar em alguém: Ahmed. Quem está no meio de vocês duas é Ahmed. Por falar nisso, como está você com Ahmed? Já dormiu com ele ou continua essa relação de ódio-atração? Não me diga que fico imaginando coisas. Cada vez mais dois e dois fazem quatro. Lu, quem você quer enganar? Releia aquele bilhete que você diz que ele lhe mandou como ameaça: é exatamente o contrário do que você disse que supôs. Lu, ó Lu, por quem sois, por quem me tomas, mesmo à distância. Sem brincadeiras: cuidado. Cuidado com Leila. As mulheres são cruéis na vingança. Como as crianças. Mais que as crianças. As crianças são más, mas a maldade que fazem é tópica, instântanea. A das mulheres é uma maldade retro-e prospectiva, que renasce a cada novo dia num percurso infinito, vingança que te persegue por anos e anos. Pelo menos vingança contra os homens, vinganças por coisas que elas imaginam que lhes fizemos. Não sei vingança de mulher contra mulher como é. Talvez pior ainda. O que foi que nós os homens *não* lhes fizemos, a vocês mulheres? O que vocês queriam que tivéssemos feito e pelo que nos fazem pagar? Tenho de decidir o que *eu* vou fazer com Leila.

Preciso decidir para onde mando esta carta. Talvez tire duas cópias e mande uma para cada endereço presumível seu. Eu queria te contar mais uma ou duas coisinhas sobre o que me aconteceu em Paris mas não posso correr o risco de outras pessoas lerem. Nem esta carta quero que leiam. Mas...

Passei no Instituto do Mundo Árabe, tirei outras fotos. (Digo "outras" fotos porque já havia tirado algumas, antes dessa história toda que você me contou.) Não serão fotos iguais às suas, claro, com minha câmera que faz tudo automaticamente, foco, avanço de filme, tudo. Mas tirei fotos. Já fiz melhores, estas do instituto foram apenas para apanhar tua sombra, teu olho: fotografei sua ausência no ponto onde você esteve para tirar as fotos que você descreveu. Saíram o contraponto de minhas fotos: eu nunca estou em minhas fotos, eu nunca andei por onde andei, nunca ninguém me viu ali onde vi tudo e as coisas, onde estive passei sem deixar qualquer traço. Quando vêem minhas fotos, nem ninguém sequer imagina que o fotógrafo não estava ali.

Estou te devendo esta resposta há meses: não, não estou escrevendo nada, não tenho nenhum projeto: só estou me preocupando com ficar inteiro.

E você, você não volte! Não volte! Não se suicide! Não se entregue ao linchamento — profissional moral físico. Faça o que quiser, faça o que puder mas NÃO VOLTE!

t

Antônio Carlos,

Hesitei em começar esta carta, que acredito escrever mais para mim que para você. Talvez nem a despache. Me pergunto se é uma resposta à tua carta, a última que me mandou, talvez, nem sei mais, carta que me alcançou com toda a facilidade e que, hoje penso, teria tido destino mais adequado se se extraviasse ou se, melhor ainda, voltasse a seu emissário. Ou se esta carta é dirigida a mim mesma numa necessidade de dialogar comigo para saber onde estou. Em Paris, evidentemente. Mas Paris é apenas o nome de uma cidade, não do lugar onde estou.

Antônio Carlos, não entendo o circo que você armou. Essa história de me procurar e não me encontrar é digna de você e muito romântica, e pode constituir mais um item da sua já extensa bibliografia. Mas não ter me achado prova, no melhor, que você é um péssimo detetive e, no pior, que não queria me encontrar. O mais provável. É até possível que pense que queria, mas no fundo não.

Essa moça do hotel que você descreve como uma retardada mental é ótima, muito amiga minha, talvez a última amiga — e amigo — que me resta, e sem ela não sei o que faria. Deixei o hotel, é, fato. Já havia muito que morava aí e, embora só a poucas pessoas tivesse transmitido o endereço, tenho certeza que cedo ou tarde Ahmed teria tomado conhecimento de onde eu morava. Me mudei para perto e Alice, perfeitamente a par de minha situação, me protege contra eventual — mas provável — investida de Ahmed. Alice me comunicou que um homem moreno, falando francês corretamente mas com sotaque, me procurava com insistência. Só podia ser Ahmed (te ouço: está vendo como é retardada mental a tua maravilhosa Alice?, nem consegue diferenciar o sotaque brasileiro da pronúncia árabe). Tanto Alice quanto eu ficamos ainda mais convencidas de que minha decisão de deixar o hotel tinha sido ajuizada. Ela me deu os horários em que você aparecia e eu, a três ruas daí, organizava as minhas saídas em função disso. Como não conseguimos perceber uma regularidade nas suas amáveis visitas, passei a ficar praticamente trancada no quarto, só saindo muito cedo para algumas compras, à espera de que Ahmed desistisse. Não conseguimos entender se Ahmed vinha de carro, que ele estacionaria a alguma distância do hotel, ou de metrô. O que dificultava mais ainda o meu plano de ação. E agora vem você e me diz que era você mesmo. Bastaria ter deixado seu nome, ter dado um número de telefone e o nosso encontro teria sido fácil. Se não fez uma coisa tão elementar, se se comportou dessa forma incompreensível, deve ter tido os seus bons motivos. Agora lhe pergunto: o que você acha que devo pensar dessa farsa toda, que não passa de farsa mal disfarçada e mal alinhavada rede de intrigas revelada por sua carta? Como se não me bastassem as intrigas de Ahmed!

E que referências enigmáticas são essas a Leila? Você está tentando me indispor contra ela? Antônio Carlos, acredito, sim, que haja quem queira me enlouquecer. Mas acredito também, e com forte prova na mão que é sua carta, que quem quer me enlouquecer é você. Que você é paranóico nunca duvidei, mas era uma paranóia mansa e controlada. Agora estourou e você me escolheu como objeto das tuas fantasias mórbidas. Dê vazão aos teus delírios o quanto quiser e divirta-se como puder. Mas, por piedade, me poupe, pelo menos isto, nada mais tenho a lhe pedir nesta carta, possivelmente a última. Sim, tenho algo mais a te pedir. Se Rubinho te procurar, por favor, receba-o bem. Nem que seja em nome de nosso passado de amizade.

Sinto um peso sobre mim. Me alivia comunicá-lo se não a você, pelo menos a este papel. Apareceram umas manchas escuras no meu corpo. Marquei consulta com um médico da Sécu. Vou na próxima segunda-feira. Essa mancha no papel é apenas um pingo de chá.

Lu

Leila,

Fui ao médico, apareceu uma mancha na minha barriga, do lado direito, na altura do osso da cadeira, nunca lembro o nome. Apareceu faz tempo, nem dei importância. Se a gente se impressionasse com todas as pequenas ocorrências que vêm surgindo à nossa superfície, não teríamos tempo para mais nada. Ela foi se alargando e escurecendo. Depois outra apareceu, quase simétrica à primeira. Está bem clarinha, ainda. O dermatologista me disse que "não é nada". Sou magra, durmo de lado, o que é recomendado para a coluna, e essa mancha resultaria da fricção da pele contra o lençol, fricção mais forte em pessoas que têm a minha configuração porque não há camada adiposa para atenuá-la. Por que não apareceu antes, já que desde que me conheço por gente durmo do lado direito, e por que a outra? Talvez tenha emagrecido um pouco nos últimos tempos (o que não deixa de ser verdade), também a idade, envelhecemos todos. A outra, porque devo mudar de posição durante o sono, embora durma principalmente do lado direito. Recomenda não fazer nada. Se eu quiser, um creme ou um óleo para alimentar a pele. Recomendaria uma plástica caso fosse uma corista do Moulin Rouge. Acho insuportável este chiste francês, ótimo num bar ou numa roda de amigos, inadmissível por parte de um médico. Essa história está muito mal contada e sempre desconfio da medicina francesa. Me sinto vagamente inquieta. Perguntei ao derma, um médico velho, se não seria prudente fazer uma análise de tecido. Nenhuma necessidade. Vou esperar um pouco e procurarei outro médico. Os médicos são caros, tenho que ir no serviço público, que não é tão sinistro como no Brasil, assim mesmo nada agradável.

Não é impossível que você receba uma carta de Antônio Carlos, não sei. É o Tico, velho amigo de quem tantas vezes te falei. Nos conhecemos desde os anos 60 ou 70, época da contracultura. Ficamos muito amigos. Naqueles tempos, usava cabelos curtos e todos e todas caçoavam dele: o careta, o quadrado. Tico, muito crítico e astuto, respirava fundo, com ar de enfado, e retorquia que quadrados eram eles que seguiam uma moda como outra qualquer, e que os cabelos dele se opunham a esta moda. Era a contra-contracultura. Tempos juvenis. Tico virou um senhor de muito respeito, cabelos grisalhos menos aparados que durante a contracultura, um filósofo estimado, ou melhor, um ideólogo. Recolhido nas suas meditações, foi se distanciando do mundo e de suas peripécias. Talvez por causa desse alheamento, fez algo que não dá para acreditar. Veio a Paris sem me avisar e voltou ao Brasil sem falar comigo. Não é surpreendente? Fiquei passada, não é para menos. Escreveu uma carta cheia de confetes: procurei você em toda a parte e não a encontrei, lamento, que pena, oh-lá-lá! Achei a carta doentia. Nada mais fácil que me encontrar. Doentia porque joga sobre mim a responsabilidade de nosso pretenso desencontro, inacreditável. Acrescenta que eu estaria ficando louca e que você, sim Leila minha amiga, *você* estaria tramando para me enlouquecer. Por isso te previno. Como me parece estar delirando, imagino que possa te escrever ou para se aliar a teu complô ou, ao contrário, para me defender. Minha intenção é parar de lhe escrever, a ele, e de ler suas cartas. Pelo menos de esfriar as nossas relações. Estimo muito o Tico, gosto dele, mas não estou em condição de assumir sua loucura, de lhe dar apoio. Ainda mais com o Atlântico entre nós, fica muito artificial. Se estivesse em São Paulo, podendo vê-lo pessoalmente de vez em quando, ou até mesmo diariamente, seria diferente. O contato com ele poderia ter algum efeito. Deve ser uma perturbação momentânea. Tudo vai voltar às boas. Mas você tem que reconhecer que vir a Paris e não me procurar — ou não me achar, como ele diz — é no mínimo estupefaciente. Por isso, se ele te escrever, deixe por isso mesmo, não responda. E me avise.

Mil beijos a você e a Luísa

Lu

Prezado Antônio Carlos,

Tempos atrás lhe mandei uma carta que ficou sem resposta. Lu me escreveu que você esteve em Paris (pena que não tenha vindo a Roma, poderíamos ter conversado), a minha carta terá chegado durante a sua ausência.

Essa carta era para lhe transmitir, já que você deve ser o amigo mais chegado da Lu, a minha inquietação. O comportamento da Lu me parece cada vez mais estranho. Recentemente me mandou uma carta (essa em que me fala de sua viagem a Paris, quando você não a teria procurado ou não a teria encontrado, segundo ela) em que se dizia indisposta. Consultou um médico. Resolvi dar um pulo a Paris, ela está muito só. Mandei uma carta (Lu prefere escrever a telefonar), confirmamos o nosso encontro por telefone. Fui. Lu não compareceu. Continuava hospedada no seu hotel, onde me informaram que tinha viajado. Não souberam me dizer para onde nem quando voltaria. Ficou com o quarto e o recepcionista informou que saiu apenas com uma bolsa, pelo que observou. Duvido dessa viagem. E se ela viajou, não entendo o motivo, pois, pelo telefone, dois dias antes, não se falou em viagem alguma. Poderia ter dado parte à polícia. Achei que não era o caso. É talvez o que tivesse feito no Rio, mas em Paris os seqüestros não são tão freqüentes. Penso que é mais um episódio do que chamo o estranho comportamento da Lu. Só que está ficando excessivamente estranho. Estaria fugindo de mim? Não sei, recentemente ela veio a Roma só para me visitar, então não estava fugindo. Não sei o que pensar, e não sei o que fazer. Mas tenho a impressão, a certeza cada vez mais forte de que os amigos próximos devem fazer alguma coisa. Mas é difícil agir sozinha. Por isso gostaria de trocar idéias com alguém que gosta da Lu. Aqui, em Roma ou em Paris, não sei a quem me dirigir, a ninguém que eu conheça. Se você tiver a mesma impressão que a minha, peço que me escreva. Talvez na sua recente viagem a Paris tenha ocorrido algo semelhante ao meu desencontro de dias atrás. Por favor, não deixe esta carta sem resposta, se não for pedir muito.

Não sei se deveria lhe mandar mais esta carta, você não respondeu à anterior. Talvez não tenha dado tempo. Ou não perceba o problema, ou não esteja interessado. Ou talvez você não queira se comunicar comigo, pode acontecer.

Com um abraço amigo de

Leila

Caro Tico,

Estou louca, devo estar. Como pude dizer o que te escrevi na minha última carta! Você, meu amigo! Não me achou em Paris, tudo bem, coisas que acontecem. Será para uma próxima viagem ou para minha volta — em breve — a São Paulo. Você me adverte sobre um perigo que corro, atenciosamente, cuidadosamente, e eu respondo que está me deixando louca. Não sei onde estava com a cabeça. Aconteceu um fato recente que prova o quanto você tem razão. Você tem um faro, uma intuição infinitamente superior à minha, inclusive em relação a mim mesma. E isto a respeito de uma pessoa que você nem conhece, ou se conheceu, nem se lembra. É absolutamente fantástico teu olhar penetrante, através de mim. Quase nem te falei da Leila, uma ou outra vez, nas minhas cartas. Me lembro ter descrito um vestido que Leila usou num jantar. Também, há bastante tempo, te falei das suas relações problemáticas com a filha. Coisas assim. E você percebeu que ela estava fomentando uma espécie de trama, que, acho, nem ela mesma percebe, para me enlouquecer. Enlouquecer é forte demais, digamos, perturbar. Ela deu agora essa prova. Veio me procurar em Paris. Avisou, com muita insistência, por carta e por telefone. Na hora, nem me dei conta, aceitei, marcamos encontro. Depois, as coisas ficaram mais claras. Na última vez que eu fui a Roma, ela foi particularmente insistente para eu voltar. Não voltei, então ela vem. É que não suporta que fique longe dela, ela quer que eu esteja sempre à mão. Era fácil nas semanas que passei em Roma. Depois, se tornou mais difícil para ela. E o que ela quer, é o contato direto. Nunca me escreve. Algumas vezes me telefona, ela prefere porque pelo menos há o contato da voz. Assim mesmo, sempre sinto, quando se despede, que está insatisfeita, como que frustrada. Antes de marcarmos o nosso encontro em Paris, ela me pediu que fosse a Roma. Eu, não percebendo nada, disse que iria não fosse a questão financeira, estou agora sem condições de fazer gastos além das previsões orçamentárias, tanto mais que tive que comprar uns remédios. Leila, então — veja você — se ofereceu para pagar a viagem. Conhecendo as suas condições de vida, pagar a viagem seria uma despesa excessiva. Recusei. Por causa dos gastos. Mas sobretudo porque não quero ser financiada por ela. Isso cria dependência. Assim, sem mais nem menos, resolve ela vir a Paris. E sei quanto lhe custa viajar para cá, uma cidade onde foi feliz, mas também onde essa felicidade se acabou. Para ela, hoje, Paris é o lugar do Ahmed, o lugar em relação ao qual nutre uma verdadeira aversão. Quando conversamos, sempre tomo cuidado para não me referir muito a Paris, ela comenta Ah! sim, cidade linda, comentário que marca um profundo ressentimento que lhe fica estampado na cara. Pois bem, nessas relações adversas, financeiras, emocionais, ela pega e vem a Paris. Quando me dei conta do redemoinho em que estava me metendo, em que ela estava me metendo, decidi que não compareceria ao encontro. Guardei o quarto de hotel, minha preguiça de mudar de novo era imensa, fui passar um fim de semana num boui-boui em Pigalle. Foi ótimo. Exótico. Todas essas pessoas em busca de sexo espetacular. Uns organizados e bem vestidos descem de ônibus e vão ao Moulin Rouge. Outros, sozinhos, hesitam em entrar nos peep-shows, mas acabam pagando. Tive até vontade de ver como era, só para ver. Mas fiquei sem jeito, uma mulher sozinha. É bem verdade que isto é uma reação de brasileira.

Mas não é para isto que te escrevo. Quando me dei conta de que Leila devia estar inquieta com a suposta impressão de que eu lhe escapava, e por isso vencia suas resistências e vinha a Paris, então percebi o quanto a tua carta estava certa, o quanto a tua percepção ia mais longe, muito mais, que a minha. E que era loucura minha — aí sim loucura — querer calar a tua voz, não te ouvir mais, romper com você, até. E mais do que isto, percebi inclusive a tua extrema delicadeza e discrição. Você poderia ter escrito três páginas sobre Leila para me mettre en garde — me meter em guarda? Não, apenas uma breve referência, uma sugestão que minha intuição devia captar, e que minha intuição não captou, a não ser tardiamente, quando os acontecimentos já estavam em marcha com toda a sua força. Te agradeço, e mais ainda, te digo que preciso

Antônio Carlos,

Interrompi o que vinha escrevendo. A moça do hotel bateu à porta para me entregar uma carta sua (está vendo como me trata bem). Como você pode ter feito uma coisa dessas! Que infantilidade, que menosprezo pelos outros, pelo sofrimento. Você escreve uma carta dirigida a você mesmo como se fosse escrita por mim, e para dizer aquilo. O que é, uma brincadeira? Antônio Carlos, é tão tão aberrante que vou me dar ao trabalho insano de recopiá-la palavra por palavra, para esfregá-la na tua cara, para que você veja até onde vai a tua estupidez. Começa assim:

"Tico,

Desculpe.

Assim que pus minha última carta na caixa do correio eu quis recuperá-la, enfiar a mão pela fenda e puxá-la de volta. Se não fosse sábado, com a agência já fechada, eu teria entrado para pedir que me devolvessem a carta. Não devolveriam, provavelmente. Mas é o que eu teria feito.

E de sábado para cá só fiz me arrepender ainda mais.

Desculpe. Não vou explicar por que, nem digo que me desculpo por tudo. Mas — desculpe.

Ando meio nervosa, essa história da mancha, tudo isto.

Hoje de manhã me ligaram da revista, parece que minhas fotos vão sair afinal. O dia estava lindo, um céu azul fortíssimo. Paris estava deslumbrante. Fui de ônibus até a rue de Rivoli — não suporto mais andar de metrô, me sinto literalmente asfixiar lá embaixo — e depois subi a pé pela Concorde e pelos Champs-Elysées. Não me censure pelo programa de turista. Não é programa de turista. Resolvi almoçar no Bistrot de la Gare, me sentei naquela mesinha que eles têm bem na ponta da sala de vidro, praticamente em cima da calçada. Podia ver todo mundo subindo e descendo, gente apressada, gente sem ter o que fazer, os policiais — que agora andam de três em três e um é sempre uma, uma mulher, e quase sempre bonita, fiquei imaginando o que poderia acontecer entre ela e os colegas: um pouco estranho, porque a mulher, todas as vezes que observei, caminha sempre um pouco à frente ou um pouco atrás dos homens. Não me acostumei ainda. Fiz uma refeição completa, com entrada, prato principal e sobremesa. Uma terrine de salmão, um carpaccio à volonté (que eu comi uma vez só) e uma imensa torta de chocolate, com café e vinho. Tudo sofrível, o vinho, o salmão e o carpaccio transparente de tão fino. E quase nada vermelho. E não tão fresco. Você tem razão: programa de turista. Mas o café estava bom e me senti bem. Numa mesa ao lado um semi-executivo ensaiou um flerte comigo — notável para um francês do tipo dele (ou para um francês, ponto final?), ainda mais na hora do almoço... Gostosão. Um pouco peruão mas gostosão. Se ele tivesse insistido, eu estava disponível. Acho. Não insistiu. Foi pena. Um pouco.

O resto do dia não fiz nada. Andei, cansei, entrei num cinema. Não fiz nada. Um dia perfeito.

Me sinto melhor.
Do fundo do coração,
tua
Lu."

Antônio Carlos,

Tentei até reproduzir sua caligrafia. Não consegui porque fiquei enojada. Estava te mandando uma bofetada por carta? Ou me sujeitando à ignomínia que você tentou me impor? Em vão.

Estou aterrada, acachapada, com vontade de voltar para o meu boui-boui. Até onde vai o teu humor, meu filho, ou o teu cinismo? Como pode ter a desfaçatez de tomar o meu lugar, de escrever no meu lugar para você mesmo, e de me mandar essa insanidade? Você pensa o que, que sou maleável à vontade? uma personagem de ficção para as tuas brincadeiras? uma boneca? inflável? O que você estará fazendo com Lina que mora aí, perto de você? Leila, você não a conhece, tanto melhor. Somos seres humanos.

A carta é bastante instrutiva. Te mandei uma carta de quase-rompimento, tua reação é de me emprestar uma reação de arrependimento: claro, como uma mulher pode se opor ao magnífico Antônio Carlos? Mil desculpas, meu querido! Pois saiba que não botei a mão na caixa do correio, nem tive vontade. Depois, você descreve um dia de flânerie tipicamente seu, nada a ver comigo. Não fico degustando carpaccio ou o diabo que seja por aí, isso quem faz é você no teu hedonismo de sibarita. Eu vou a Pigalle. Depois você imagina que sou paquerada, não é a primeira vez que desponta esse tipo de fantasia em carta tua, que não é nada mais que uma fantasia que você nutre em relação a mim, desde os anos 70, e que você nunca resolveu. E nunca resolveu porque eu não deixei, não estava interessada (apesar de você imaginar que devo estar interessadíssima, como não se interessar por Antônio Carlos?), e também porque você nunca teve a coragem de se manifestar claramente, vai até um certo ponto e depois faz uma retirada estratégica, mascarada por alguma ironia que não engana a ninguém, a mim não engana. Essa tua frase, me dou ao trabalho de reler a carta estupenda, ''Se ele tivesse insistido, eu estava disponível. Acho. Não insistiu'', não é o sujeito do restaurante que você imagina, é você mesmo, nenhum outro, é de você mesmo que está falando. Como não tem coragem para colocar essas palavras na tua boca a teu respeito, você as coloca na minha a respeito de um terceiro. Antônio Carlos, em algum lugar deve haver um divã te esperando, não é possível. Apreciei também a última frase, "Me sinto melhor". É compreensível. Talvez você pense sentir-se melhor porque fez uma gracinha, mas com certeza é porque deixou vazar, embora de modo enviesado, algo que te estrangula.

Reconheço, porque sou franca e não passo por essas simulações tão a teu gosto, que a carta que vinha te escrevendo quando fui interrompida tem uma semelhança, num ponto, com a que você me escreveu, com a que você desejou que eu te escrevesse, é que ela também é uma reviravolta em relação à anterior. Essa carta vinha sendo escrita não para te pedir desculpas nem expressar arrependimento, mas simplesmente para te comunicar meu engano e a lerdeza, que lamento, de minha percepção. Tua carta revela uma atitude de inimizade, de chacota, de perturbação tua que coloca teus problemas bem à frente dos da pessoa a quem você escreve, bom sintoma de egocentrismo, mas ao mesmo tempo encontro nela algum elemento, tênue, do que estou vivendo, quer dizer, minha última carta não expressava a minha real atitude. Como você pode ser tão cínico? Como pode usar contra mim a percepção e a intuição que você tem de mim? Isto me perturba profundamente, me sinto comprimida entre um Tico que diz gostar de mim, e até acredito, e um Antônio Carlos que ri cinicamente de mim mas que, assim mesmo, não deixa de me perceber, imprensada sem saber mais a quem me dirigir, em quem posso confiar, e não só em relação a você, mas a qualquer pessoa. Me sinto no meio de um mar, lançando meus braços em todas as direções, e algas pegajosas grudam em mim para me prender os movimentos. Aderem a toda a superfície do meu corpo, tapam os bicos dos meus seios, minha boca, orelha, os olhos, as algas penetram no meu sexo, o estufam e o fecham com sua massa gelatinosa. E vejo os pares de olhos de Tico e de Leila voando em torno de mim, imensamente abertos, gargalhando como borboletas grotescas.

Magro, meu caro, outro dia, enfim, em dois dias diferentes mas sucessivos, encontrei duas de suas ex- aqui em São Paulo. O pivô da conversa, claro, foi um só: Vossência. As duas falaram de você com carinho e alegria. Qual o truque, meu velho?, gostaria de saber. Se dá para levar alguma coisa deste mundo, é o carinho —? é esta a palavra? — das ex-. *Você* vai levar. Ultimamente tenho resistido o máximo que posso a qualquer envolvimento. Não sei o que acontece com as mulheres que me cercam. Quero ser amigo delas e elas o que querem é ter um caso comigo. Eu aviso, porque eu sei, que quando os casos terminam a paixão vira ódio. Um desperdício. Prefiro uma amiga a uma amante. Você pode compreender isso? Não, provavelmente, não. Provavelmente, você está certo.

Venho escrevendo tanta carta nos últimos tempos que descobri que posso escrever para você também. O Rio fica literalmente aqui ao lado mas em todos estes anos tem sido, para mim, como se fosse um outro planeta. Quando vou aí ou você vem para cá, parece que nunca houve distância alguma entre nós. Depois, é como se você aí estivesse em outra dimensão — aquela da série de TV em branco & preto dos anos 60; pelo menos era b&p aqui no Brasil. Pelo telefone não te alcanço nunca: ou você está badalando — porque trabalhar mesmo que é bom, necas de pitibiribas porque ministério não foi feito para isso, não é mesmo seo dotô? — ou foi à praia — aliás, à piscina, me esqueço sempre que um paulistano de estirpe não é de praia — ou está em Brasília, dançando na roda dos doidos. E isso tem sido sempre o bastante para te considerar fora deste mundo. Nunca pensei em te escrever. Acho que não se escreve para um amigo, não?, que você acha? Só se escreve para os que erguem a couraça diante do corpo e do espírito. Os amigos estão em contato direto. Não estão? Só quando o amigo está fora do país, longe lá longe bem distante — e carente. Aí sim: tome carta. Detesto quem só escreve porque está longe e sente banzo. Detesto banzo de brazuca. Às vezes as cartas me causam uma profunda irritação — todas essas cartas cheias de si, essas letras narcisistas, esse papel egoísta. As pessoas só falam de si mesmas, é como se o mundo não existisse: sinto asfixia, às vezes. Não é que seja mau receber cartas. Melhor é escrever cartas — touché!, eta mundo véio sem portera. Mas às vezes me causam irreversível aversão.

Mas tudo isso é bobagem. De repente, descobri que posso escrever para você também, aqui do lado.

Bom dia, Magro! Tudo bem? Como estão as costas do Redentor?, vistas de tua imensa janela de frente para o mar, enorme vidraça — na sua meninice também era vidraça? ou vitrô? —, enorme vidraça sempre aberta, sorvendo para dentro do apê uma claridade tão fundente que parece material, uma luz que me aplasta e me chama lá para fora, para o espaço, para o mar: tenho medo de sua luz, Magro. Boooom dia, Magro! Tudo bom, tudo bem? Vai a pé ou vem de trem, que não tem mais, nem Vera Cruz, nem Santa Cruz, depois nem Brazil? Da última vez que estive aí o picareta de Vineland, o pai da filha namorada do punkão, ia se jogar contra outra imensa vidraça em troca de um atestado de loucura. Já se jogou? *Não* siga o exemplo, Magro querido, você não será nunca do tipo. Magro querido; quantas vezes quis te chamar de Magro querido, sem conseguir: uma carta faz milagres, tenho de retirar o que disse das cartas. Retiro o que disse das cartas — em parte. E então, como estão as coisas, Magro? Sempre "na véspera de não partir nunca", como aquela pessoa portuguesa? Como eu? Como todos nós, daquela, hum — desculpe a má palavra — nossa geração? Magro: imensas e repentinas nostalgias do tempo em que ficávamos discutindo literaturas nas mesas das calçadas da São Luís em vez de estar nas aulas de economia — por isso você é tão bom economista! nunca teve tempo de estudar economia!! Imensas nostalgias súbitas que nunca pensei pudesse ter. Mas é sempre assim, não é? nunca se sabe — me doeu na carne aprender isso — nunca se sabe o que se vai sentir ou fazer até o instante em que se começa a sentir e fazer: que decepção para nosso juvenil senso de poder e de autocontrole e supra-autoconhecimento socrático, ou alla Emile Coué. Por que não pudemos ficar o tempo todo, este imenso tempo de borracha artificial, discutindo literatura amadoristicamente? No fundo é o que fazemos quando nos encontramos, não?, que decepção: voltar atrás na borracha complacente e fazer de conta que. Que decepção, não? "Como nossos paaaaAAAAAAAAAAAaaaaaaaisss", elisnianamente entoado. Que decepção, não? Que bom!

Não me xingue: não consigo ser puro desperdício o tempo todo: te escrevi porque tenho um motivo específico. Sua atual futura ex- ainda é presidente — presidenta?, ela exige o feminino? — do conselho dos psicanalistas? Ou será "ordem"? E não dos psicanalistas: dos psicólogos? Teikirize, beibi: hoje não vou dizer "charlatães". Conselho quero eu: que fazer com uma psicóloga que ouve um fato íntimo de uma cliente — me recuso a dizer: paciente — no recôndito do confessionário — não é nada mais que isso, você continua concordando comigo, eu sei — e depois sai por aí contando o que ouviu para terceiras pessoas, eventualmente terceiras pessoas interessadas diretamente no caso? Não vou fazer segredo: tive um caso com uma mulher. Você não conhece, não se assanhe. Ela estava fazendo análise — ha, só rindo — porque tinha largado o marido e tinha largado um amante — para você ver onde eu etc. — e tinha, parece, me *conhecido* e queria o ombro pago de *um* analista — ha, ha, só rindo de novo — mas acabou escolhendo, para azar dela, e meu, *uma* analist*a*: não deve ter sido à toa que foi um homem quem inventou a psicanálise: não é função de mulher: mulher está mais para oráculo: abre a boca ao mundo ao menor estímulo para dizer o que imagina saber, à esquerda e à direita. E não sei por que razão, realmente não consigo imaginar a razão, ela foi e disse para a analista o meu nome. O meu nome, meu camarada — jamais me pegarão vivo dizendo "companheiro" —, meu nome: com nome e sobrenome, meu santo nome vão. A analista, então, foi e repetiu tudo que tinha ouvido para pessoas que, eu não sabia então, não podiam saber dessa informação porque não saberiam lidar com ela — eu não sabia disto tampouco. Repetiu para *uma* pessoa, pelo menos. Mas não importam os detalhes. O que quero saber de sua atual futura ex- é: o que se pode fazer neste caso de criminosa falta de ética? É inimaginável! Ou talvez seja inimaginável só para mim, luterano pagão. Que digo eu: "ética"? Que ridículo dizer isso! Gargalha-se a essa palavra, agora — só usada quando não existe mais o que ela carrega dentro da casca. Não sobrou nem pó dela. Nem entre os, hum, "intelectuais". Mudou o pó. (Qual era a cor do pó dela? Era a mesma deste pó atrás de cuja nuvem sempre te mal vislumbro? Você cariocou de vez, mesmo — hein?) Eu não posso aceitar isso. Falando sério — e você sabe quando falo sério e *como* falo sério: não é possível admitir uma coisa assim!!! Quero processar essa mulher. É possível? Como faço? Neste país você tem sempre de pensar duas vezes antes de processar alguém porque leis por aqui só existem para punir a vítima, você sabe disso e eu sei disso. Ainda mais quando se trata de lei corporativa. Mas não estou me preocupando — muito — com isso: pergunte à sua adorável futura ex-. Quero varrer do mapa essa canalha. Ela quase certamente arruinou o que mais prezo nos últimos tempos, aquilo de que mais preciso: uma amizade. Estou furioso, cara. Babando. Te dou algumas horas, não mais que umas 60, 72, para você me responder. Senão, tiro minha lurdinha da capa preta e disparo. E você sabe que quando disparo, sobra merda pra todo mundo. A começar por mim. Você não vai me querer todo esmerdeado. Assim, por favor. POR FAVOR. Eu disse pouco mas disse tudo, não? Não preciso enfatizar essa sujeira, não é? Leia minha carta de novo, se você precisa se irritar junto com e em nome de um velho amigo. Apague o sorriso, meu velho: já estou te vendo gargalhar. Advirto: não é o caso.

Se você ainda estiver vivo no Rio daqui a dois, três dias — e você ainda vem me dizer que São Paulo é que está mal —, se ainda tiver seu carro, ou sua roupa, ou seu apê ou seu telefone, me telefone. Ou fique em casa no próximo fim de semana — domingo, claro: não me atrevo a pedir um sábado — entre meia-noite e uma e meia da madruga e eu te ligo.

Eu, aqui, fora isso — ham! — continuo assim, me repetindo sempre, aliviado — com sua aprovação entusiástica, sei disso: "não há que fazer nada/ na véspera de não partir nunca". Não faço nada: agora, exatamente neste instante, estou ouvindo na FM um Satchmo bem jazzeado, veludado manteigado, deslumbrante, acompanhado pela sua (de você) Billie — Billy? — Hollyday, que poderia ter saído (a coincidência existe, sim; mais que ela: a providência) (a mão dos deuses, que arma as convergências — ou já tenho de falar em mãos de xangô, nagô, sei lá, você já mudou de misticismo também?, abandonando o arcaico e carcomido e cômodo, como camisinha usada, racionalismo paulistano pré-iluminista?), que poderia ter saído, o Satchmo, dizia eu antes de ser tão brutalmente interrompido, que saiu do lado esquerdo — o lado do coração, que é o único lado que sobrou depois que a esquerda acabou — de sua discoteca que agora, claro, se te conheço bem, já deve ser uma cd-iscoteca. Magro querido,

te mando junto com esta (sic)
um punhado de notas pretas
penduradas em timbres metálicos
e carnosos de tão pretos
abra o envelope com cuidado

e encoste o ouvido na cola
(lamba-a e aproveite a viagem),

de seu
eu mesmo, teleco-tico

Meu bem,

Por telefone não dá para explicar por que ainda não voltei. Seria complicado e demorado. Você não compreenderia bem. Agora, com tua carta, sinto que tua mãe te deve uma explicação precisa. Nenhuma das tuas hipóteses vale, muito menos essa de que teria deixado de gostar de você. Isso não quer dizer que tenha de te paparicar, você já está em idade de viver sua vida. A cozinha parisiense é uma delícia, principalmente para quem tem dinheiro (para quem não tem, a diferença com o Brasil não é grande, qualitativa, quanto ao estilo, sim), mas não é o que me retém.

Fiquei em Paris, isso já te disse mil vezes, você finge não acreditar, mas tem que se convencer que é a verdade, não há armadilha nisso: a vida profissional é tão importante para uma mulher quanto para um homem, inclusive para uma mãe. Há profissões no Brasil que não conseguem emergir. A fotografia é uma delas, como a dança e outras. Você pode ser a mais brilhante das fotógrafas, não passa de jornais que publicam ou não os créditos, de exposições em alguma Funarte ou similares. Ou você tem no exterior uma experiência bem-sucedida e volta com prestígio, trabalhando no Brasil e fora, principalmente fora. Ou fica aquela lengalenga. Não quis me submeter. Aqui e na Itália já fiz muitos trabalhos e você se orgulharia do port-fólio de sua mãe. Uma encomenda importantíssima foi a do Instituto do Mundo Árabe, como já te contei. Acontece que, por motivos que não vêm ao caso agora, entrou areia. Não abaixei a cabeça e resolvi enfrentar a situação. A questão não se resolveu, há hesitações, contraordens, mas ainda publicarei estas fotos. Na verdade a revista que me pediu o material não é grande coisa, seu padrão gráfico é excelente, no mais é fraca e tem uma circulação oficial, embaixadas, UNESCO, por aí. Mas o que importa é o prestígio internacional do prédio, e estou absolutamente certa de que a minha interpretação fotográfica é original e pode ter grande repercussão. Isso atrasou minha volta, pois decidi ficar aqui até resolver. Do Brasil não funcionaria. Aqui vou falar diretamente com as pessoas. De SP teria que me comunicar por cartas, e cartas nunca dão certo quando o terreno está inseguro.

Como se esses aborrecimentos não bastassem, tive uns problemas de saúde. Não te falei a respeito para não te assustar. Um problema de pele, nada grave. Fiquei hospitalizada uns dias, ainda estou em observação, questão de rotina, melhorei bastante.

Meu querido, não estou na França para sempre, vou voltar. O que me inquieta é a sua permanência no Rio. Rubinho, acho que não se justifica. Tem amigos no Rio, ótimo. Mas em SP também. Sei que tia Nieta cuida bem de você. Mas chegou a hora de você se cuidar, não é mais uma criança. As notícias que nos chegam aqui sobre o Rio são apavorantes, assassinatos de crianças, assaltos, drogas. Por mais que tentemos ter a medida das coisas, que muito disso é a ficção dos meios de comunicação, posso te assegurar que me inquieta te saber nessa cidade. Você poderia muito bem voltar a SP. Se não quer ficar sozinho em casa, Rubinho, você tem onde ir. Tenho certeza que minha irmã teria o maior prazer em te receber, ela te adora. Seria mais seguro que o Rio. Acho que a casa de Antônio Carlos, atualmente, não é indicado, ele está com muito trabalho, acabaria atrapalhando. E está acostumado a viver sozinho, tem os seus hábitos. Ou então, poderia alugar um pequeno apartamento, uma kitchenette, não deve ser tão caro assim, apesar da inflação. Você tem falado com seu pai? Me escreva explicando os motivos reais para você ficar no Rio. A praia não, Rubinho, ainda mais que está tudo poluído.

Me escreva dizendo o que decidiu. Me deixe mais um tempinho para resolver meus problemas profissionais e de saúde, e logo estou aí. Não que não possa viajar por causa da doença, aliás, ninguém sabe se é uma doença ou o que é. Mas prefiro ser tratada na França, tenho mais confiança, é melhor não mudar de médico no meio do tratamento, ainda mais que confio nele. Logo depois volto, de qualquer modo, de qualquer jeito, de qualquer forma, porque morro de saudade de você. Do Brasil, a bem da verdade, nem tanto, mas estou louca para te abraçar, te beijar, ouvir tua voz, você me contar tua vida, ver tua barba crescer. Deixou mesmo crescer a barba? pensava que deixar a barba não era mais moda entre os adolescentes. Me escreva logo, meu querido. Os telefonemas são sempre tão curtos, caros, na hora a gente não sabe o que dizer de tanta emoção. Assim que desliga, vêm mil coisas a dizer, mil perguntas. Te amo, meu Rubinho, me escreva e logo nos encontramos em SP.

Lu

Leila,

Nem sei por onde começar. Não sei como reagir. Minha primeira vontade foi ignorar sua carta, fazer de conta que ela nunca existiu. É minha irmã, eu disse pra mim mesma, essas coisas acontecem, o jeito é passar por cima porque uma irmã é uma coisa especial, é preciso preservar a relação com uma irmã. Mas, depois eu pensei: mas minha irmã também tinha de pensar nisso antes de me escrever, por que sou eu que tenho sempre de ficar preservando uma relação que não sei mais muito bem qual é, nem se um dia foi uma relação como eu imagino que tenha sido, ou que eu fantasiei que tenha sido? Uma relação que na verdade nunca existiu?

Não sei, Leila. Fiquei mal. Não quis te escrever, no começo. Mas é impossível deixar de escrever. Por quem você me toma, quem vocês todos pensam que eu sou? A dondoca bobinha e deslumbrada de sempre, não é? Isso já acabou faz tempo. Pode ser que um dia eu tenha sido uma dondoca tontona, uma socialite vazia, oca. Comecei a mudar faz algum tempo, ninguém percebeu. Ninguém *quis* perceber.

O que você diz de meu caso com Tico, o que você escreve sobre o Tico, é um insulto. Você se dá conta disso? Um insulto. Você não sabe do que está falando. Tico não está me usando. Um bem você me fez com sua carta: ela me fez parar para pensar e quando eu parei para pensar percebi que se teve alguém que tomou a iniciativa nesse caso, fui eu. *Eu* conquistei o Tico, irmãzinha. *Eu* seduzi o Tico. Eu *seduzi* o Tico, querida irmã. Eu. Eu arrastei a asa pro lado dele, sim senhora. Uma bela arrastada. Como ele ia poder ficar sem reagir, não sei. Se ele tivesse algum sangue de homem nas veias, ia ter de reagir. Posso ser até uma boba, mas feia eu sei que não sou. E, agora, quando eu quero, sei ser bem gostosa. Ele tinha de reagir. Nem que fosse pra me experimentar uma vez, me levar pra cama pra saber que gosto eu tinha. Nem que fosse só por puro sexo. Sim, irmãzona. Sexo puro. Já fui muito boba. Eu era uma boba total quando estava com o Renato. Mulherzinha certinha, maridinho, amorzinho, sexinho no quartinho. Irmãzinha vai ficar escandalizadona, mas a irmãzinha sabe que até há pouco eu nunca tinha chupado um pau? O Renato nunca me deixou! O Renato nunca deixou a mulher dele chupar seu pau, o Renato nunca pediu pra mulher dele chupar seu pau! Boba que eu era. Uma vez eu quis, comecei, ele teve uma reação estranha e disse que uma mulher *decente*, ele disse assim mesmo, uma mulher *decente* não fazia aquilo. Você acredita nisso? Você consegue acreditar nisso? Pois acredite. Isso aconteceu agora, faz uns anos, não foi no século passado. E eu, a bobinha aqui, quase morri de vergonha, quase fui me confessar na igreja, fiquei assustada com a minha tara. Levei um tempo esmagada, arrasada: o que eu tinha querido fazer, deus meu, como eu podia ter querido fazer aquilo e tal. Eu já tinha dois filhos e nunca tinha chupado um pau! Isso acabou. Agora, quando eu quero, eu vou. Eu não peço, eu tomo. Eu quero um homem do meu lado, à minha disposição. Eu quero, eu vou e pego. Eu estou com quase trinta, minha vida útil como *mulher* vai durar quanto tempo mais? Não fico mais de braços cruzados esperando acontecer. Acabou aquela bobinha. *Eu* seduzi o Tico, eu. Se fosse só sexo, já seria ótimo. Ele é gostoso, irmãzinha, e eu me aproveitei dele. Então pare com essa história. Só de você pensar que fui manipulada, que ele está me usando, que só quer sexo de mim, me ferve o sangue. O que te faz pensar que eu *não* quero a mesma coisa? Cansei das invertidas que levava do Renato. Eu quero tudo e eu estou tendo tudo, irmãzinha.

Só que, pra tua infelicidade e pra minha sorte, com o Tico não tem sido só sexo. Ele me faz sentir mulher e me faz sentir gente. Eu me sinto gente perto dele. Gosto de sair com ele e nos mostrarmos os dois pras pessoas, que ficam sempre nos olhando, eu sei que elas nos olham, a gente faz um par bonito. Olham e pensam: Nossa, esses dois. Ou: Nossa, a Lina, hein, quem diria! E ele está apaixonado por mim. Preste atenção: ele está apaixonado por mim. Se eu fosse uma qualquer, não é mesmo?, eu diria que ele está caído por mim. Mas não é isso, não quero usar ele para nada, assim como ele não está me usando. Ele está apaixonado por mim. Eu sei. Ele não precisaria me dizer o que me diz quando estamos na cama. Ele podia ficar quieto e me comer numa boa, sem complicações, sem se envolver. Pra mim ia estar tudo bem. Mas o que ele me diz e como ele me diz é muito claro: ele está apaixonado por mim. É isso que vocês não agüentam, não é? *Eu* sei, meu bem. *Agora* eu sei. Agora eu sou, como mamãe sempre dizia, uma mulher *experiente*. Ela tinha um ódio mortal das mulheres que ela dizia que eram *experientes*, você se lembra? Ódio mortal, ela virava uma fera. Agora eu sei por quê. É porque as mulheres *experientes* estão vivas e estão por cima e todo mundo as inveja e elas são as rainhas. Falei na mamãe, lembrei do pai. Lembra do que ele dizia? Mulher que passa de um, em dois não fica. Pois sabe que ele tinha razão? Eu sei. E eu sei que o Tico está apaixonado por mim porque nem o Mendoza me dizia o que o Tico me diz. Não tenho queixa do Mendoza, não vou mais me queixar de homem, como eu acho que se queixam as mulheres que nunca tiveram homem *mesmo*. Ele era ele e estava comigo como eu estava com ele, e sentia por mim o que podia sentir, ponto final. Ele me usou? Queria só meu corpo? Tanto pior. Ou tanto melhor. Queria só meu sexo, minha boca, minhas coxas, minha bunda redondinha que Deus me deu? Tanto faz. Eu adoro o Mendoza. Sem o

Mendoza eu não ia saber que o Tico está apaixonado por mim. Precisei de dois pra saber o que é isso. Você já passou de um, Leila meu bem? Nunca contou nada pra sua irmãzinha querida... Porque eu era mais nova, porque eu era ingênua ou por que nunca houve nada pra contar, querida? Você tem da vida a visão que esse babaca do Ahmed te impôs. Agora, vai ver se o Ahmed fazia aquilo que ele te mandava fazer. Faça o que eu digo, mas não faça o que eu faço, não é? E você foi escapar de um brasileiro da tua geração pra cair nas mãos de um sujeito como o Ahmed. Parece até piada. Parece até vocação. Vocação de mulher brasileira da geração da mamãe. Não pra mim, Leila querida. Já passou de um, Leila meu bem? Conta pra mim! Como eu torço para que você passe de um, como torci pra que você passasse de um! Ficava imaginando você chegar pra mim e me contar como estava tendo um caso com não sei quem, como vocês faziam pra se encontrar, onde vocês iam, o que vocês *faziam* de diferente que você não fazia com seu maridinho querido. Eu queria tanto! Talvez então você me entendesse. Eu te entendo. Mas não estou gostando do que estou entendendo.

Muito menos estou gostando da Lu. Que decepção! Uma mulher como ela, tão segura, tão... intelectual, tão atirada, tão diferente, tão viajada. Que deu nela? Sabe o que deu nela, irmãzinha querida? Inveja. Ciúmes. O Tico veio comigo e não com ela. Eu sou moça e ela já não é mais. Eu tenho um corpo gostoso e ela largou o corpo. Nunca podia imaginar que ela tivesse algum interesse no Tico, um interesse que não fosse amizade. Nunca podia imaginar. Paciência. Descobri que ela é uma mulher comum. E acho que também ela descobriu que é uma mulher comum, o que deve estar doendo pra valer. Tenho certeza que tudo que você me disse foi a Lu que te mandou dizer, foi ela quem pôs as palavras em sua boca, não foi? É por isso que no fundo eu te perdôo, vou passar por cima de tudo que você tem me escrito. Você está querendo defender sua amiga. Só não entendo (mas no fundo entendo sim) por que você dá mais importância pra sua amiga do que pra sua irmã, por que você defende ela em vez de me defender a mim. Mas é assim mesmo, irmã não é amiga, não é? Pra que serve uma irmã, afinal? A Lu deve ficar te enchendo a cabeça e você vai logo correndo servir de menininha de recados. Sai dessa, Leila.

Olha, diz pra Lu que estou me divertindo à beça, que toda vez que eu vou pra cama com o Tico é o paraíso, que é uma bandalheira só, que a gente nem precisa ir pra cama pra fazer o que faz, a gente faz em qualquer lugar que dá vontade. Que diante do Tico eu viro uma p-i-s-t-o-l-e-i-r-a. E que eu estou amando o Tico e que ele está apaixonado por mim. No que vai dar isso, não sei. Se eu queria que ele ficasse comigo? Queria. Faço planos, brinco de estar casada com ele, fico imaginando o que a gente faria se estivesse morando junto. Mas não sei, não estou preocupada. Só sei que estou me sentindo ótima.

Só estou puta com uma coisa, que me mostra como eu sou ingênua, ainda. Estou puta com a minha analista, minha ex-analista, a Marina Rizzo, dou o nome direito pra ficar tudo bem claro, você deve saber quem é sendo tão amiga da Lu como você é. Boba que eu sou, contei tudo pra ela, falei do Tico e tenho certeza que foi ela quem contou pra Lu. Só pode ser, não tem outra possibilidade. Isso é no que dá ficar sempre no mesmo mundinho estreito onde todo mundo se conhece. Pra fazer análise, a gente vai ter de mudar de cidade, agora. Eu sabia que ela era amiga da Lu, e que todo mundo se conhecia. O Tico me avisou sobre ela logo de cara, mas foi um aviso geral, nem eu nem ele pensamos que fosse dar no que deu. Ele apenas achava que ela não tinha peso pra ser analista. Nunca podia imaginar que algo do gênero pudesse acontecer. É com essas pessoas que você anda metida, irmã querida. É uma falta de respeito total, dessa mulher com a profissão dela, da Lu com você, de você comigo, de vocês com o Tico (porque ele me conta tudo, sabia?). Falta de respeito com o Tico por supor que ele fez comigo o que ele não fez e mais falta de respeito comigo por acharem que eu não sou capaz de fazer com o Tico o que eu fiz com ele.

Não me queira mal — mesmo porque seria engraçadíssimo se você me quisesse mal! Como se a vítima fosse você, fossem vocês! Abre os olhos, irmãzona, enquanto ainda é tempo. Eu estou aqui, ó, neste país de merda mas numa boa! Numa ótima! O mundo está despencando ao meu lado, em cima de mim e eu estou numa ótima porque o Tico está em cima de mim.

Gosto muito de você, Leila, apesar de tudo

sua irmã de sempre,

Lina

(p.s.: as crianças vivem perguntando "Cadê a tia? cadê a tia?", "Quando a tia volta?". Gostariam de ir te visitar. Não sei.)

Lina

Tico tio,

Brincadeira. Não vou mais te chamar de tio Tico nem de Tico tio. Até hoje não sei qual dos dois modos você mais detestava. Tio Tico, né? Fui eu quem inventou Tico tio ou foi você mesmo, pra se livrar do tio Tico? Não me lembro mais. Mas não se preocupe, não te chamo mais de tio Tico. Já estou grandinho.

Seguinte: não tá dando pra segurar mais. Mamãe faz não sei quantos meses que não me manda mais nem um puto. Não deve estar podendo. E eu aqui no Rio já esgotei as variantes. Agora só se partir pros esquemas. E não estou muito a fim dos esquemas. Não me chame de careta. Não você. Eu cansei. Não tanto da precariedade, não é isso. Cansei de tudo por aqui. Não agüento mais ver miserável o tempo todo na rua, velho com uma perna só pedindo esmola no farol (vê, não perdi meu sotaque paulista), velhas com roupas de homem meio loucas (as velhas e as roupas, às vezes seria o maior barato visual, se fosse outra a situação) pescando moeda de 10 cruzeiros na sarjeta, não agüento mais ver criança quase branca, quase bem penteada, vendendo chiclete nos cruzamentos. Não venha me dizer que sou racista, que cresci alienado, como você vivia repetindo pra me encher o saco (mas não era só pra me encher o saco, era?, você estava falando sério, sei que você estava falando sério). Quando era criança parda, tava tudo nos trinques, cada coisa no seu lugar. Agora, buuu, o assombração tá bem aqui do nosso lado. Índia por Índia prefiro aquela que fica lá, do outro lado. Pra lá de Marraquesh (é assim que se escreve?). Tem mais charme. É autêntica. Deve ter mais cheiro de bosta de vaca, adoro cheiro de bosta de vaca (acho que senti uma vez só na vida, nunca mais esqueci: eu quis comer, lembra?). Há uns dois anos mais ou menos, quando mamãe ainda estava aí, vi num muro perto do Iguatemi a melhor coisa que já li sobre este país. Era algo assim: O Brasil é um menor abandonado vendendo chicletes nas esquinas do mundo. É isso aí. Por que, me explica isso você que qualquer dia morre soterrado embaixo desse monte de livros que você tem aí, por que que as coisas que mais tocam no nervo são essas que a gente vê pelos muros e não nos livros? Me explica isso você, que gosta tanto de arte e essas coisas. São Paulo não vai estar muito melhor, tô sabendo. O que falam do Rio poderiam estar falando de São Paulo também, não falam não sei por quê. Mas pra mim, isto aqui já deu o que tinha que dar. Mamãe me disse há uns meses atrás que eu podia passar um tempo com você aí. Espero que *você* esteja sabendo da opinião dela. Não vou pesar muito, um lugar pra morar já me quebra um grande galho. Por ora. Mas não é só por isso que quero voltar pra São Paulo, quero dizer, não é só pelo dinheiro, que não tenho, e pela guerrilha urbana de que vocês (você não, é verdade, os seus amigos sim) me falaram tanto, sobre os anos 60, e que eu acho que está acontecendo é agora. Não é só por isso. Mas depois conversamos. Uma coisa vou avisando desde já: eu não tenho culpa de ser feliz, como vocês, quer dizer, você, mamãe e todos dessa turma. Nem culpa de ser infeliz. Por isso não vou ficar parado por aqui. Vou dar um tempo em São Paulo. Não estou querendo um colinho. Mas um papo numa boa, de vez em quando, não seria nada mau.

Não dá pra te pegar no telefone. Nossos horários não batem. E não está dando mais pra usar o telefone do pessoal aqui, não pago minha parte nas contas faz tempo, já me olham de lado. Então, seguinte: estou saindo daqui e indo praí. Talvez tenha uma parada no caminho, mas não se preocupe, acabo chegando.

seu *sobrinho* preferido,

Rubens

Marcelo,

Há anos não nos vemos, nem nos falamos. Tive uma grande dificuldade para encontrar seu endereço numa antiga agenda minha. Coleciono meus relacionamentos por ano: quando conheci fulano? Ano tal? Então deve estar na agenda verde, na agenda negra. Essas agendas se empilham em minha estante. Pesam um pouco em minha memória. E em meu presente. São como um arquivo morto, ou cada vez mais se parecem com um arquivo morto. São sempre mais raros os momentos de alívio em que uma luz atravessa essas agendas, ou sai delas, e aponta para um nome que está bem vivo, que esqueci que estava bem vivo — como hoje com você. E nesses momentos sempre me pergunto por que não pensei antes nesse nome, por que não o fiz vivo antes. E em todos esses momentos, minha resposta para mim mesmo é: mas por que ele — ou ela — não se lembrou primeiro que *eu* estava vivo, por que ele (ela) não me fez vivo antes, por que sempre eu é que tenho de tornar *eles* vivos? Se você achar que começo esta carta, depois de tanto tempo de mutismos, com uma recriminação... no fundo é isso mesmo! Mas, nossa amizade sobrevive a isto, não?

Vou te alcançar aí em Porto Alegre com um problema que não sei se ainda te interessa. Tive vontade de pegar um avião e ir te ver, rever Porto Alegre. Como está Porto Alegre?

Quando vocês romperam, e você se decidiu a mudar para aí, eu não entendi, e você sabe disso. O que uma pessoa como você, com seus interesses, com perdão da palavra, culturais, ia fazer na província cis-cisplatina? Hoje, parece que você foi o único a fazer a coisa certa. Deve estar ótimo aí. Passei 24 horas em Porto Alegre há um ano: fiquei moderadamente deslumbrado. A nova casa de cultura, as arquiteturas restauradas com cuidado e arte — uma cidade! Quase a civilização? Um amigo concreto, poeta, está defendendo a idéia de que deveríamos abandonar a prática da federação — mas, isso de fato existiu, algum dia? — e adotar a confederação ("comunidade" não é o nome moderno, que vem do Nordeste — não o nosso, o europeu — e do Leste?) e que ele seria o primeiro a pedir passaporte sulista, a que tem direito pelo sangue. Devo ser o segundo, mesmo sem sangue?

Bom, meu caro, não é para nada disso que te escrevo. Talvez você não queira nem ouvir falar neste assunto, mas a verdade é que tenho de recorrer a alguém e simplesmente não encontrei mais ninguém. Passei e repassei todas as alternativas e sobrou você, se sobrou alguém. É sobre Lu. Não há como te pôr a par de tudo que se passou e está se passando — e nem eu sei mais muito bem o que se passou, ou como tudo começou — mas estou preocupadíssimo com Lu. Fui avisado a respeito do estado dela, mas quem me avisou não tinha, para mim, credibilidade. Ou, então, eu é que não quis acreditar. Ainda não acredito. Mas não sei mais como lidar com a situação. Ela está se comportando de modo realmente estranho. Não conseguirei em poucas linhas te transmitir a intensidade de minha preocupação com ela e nem te descrever suficientemente o que se passa. Talvez você entenda o que quero dizer se eu mencionar, um pouco secamente, dois fatos. Nós nos escrevemos com regularidade há algum tempo. No início, por nenhuma razão em particular a não ser imprecisas preocupações dela com os filhos de uma amiga que mora em Roma. Depois, as cartas dela começaram a mostrar uma angústia difusa diante de eventos variados e, para ir rapidamente ao ponto, ela começou a se irritar, se é a palavra, com todos e comigo e terminou por atribuir a mim uma carta que ela mesma me mandou, além de pretender que sinto por ela emoções, ou desejos, que não seriam exatamente de amizade, se você entende o que quero dizer. E você entende muito bem, sei disso: você sempre soube qual era minha relação com ela, cristalina para quem quisesse ver — ou será que eu é que não queria ver também isso? É uma loucura, Marcelo. Isto me assusta mais que tudo. Já perdi outras amigas que fantasiaram as relações entre elas e mim de um modo totalmente alucinado e enviesado — com o viés que você imagina qual seja. Não quero perder Lu — mas simplesmente não sei o que posso dizer a ela. Se tivesse dinheiro, pegava um avião e corria pra Paris, falar com ela, mostrar que as coisas não são nada como ela anda pensando, ou simplesmente não dizer nada e deixar nossas presenças porem as coisas no lugar. Mas se não volto lá não é só pelo dinheiro: não sei com que cara eu me mostraria a ela, não sei que palavras encontraria para dizer-lhe. Se não consigo encontrar nada para lhe escrever, o que iria achar para lhe falar? Ela está sozinha em Paris, pelo que sei. Não conheço ninguém que se interesse por ela o suficiente para ir procurá-la, bater um papo, apontar um caminho. E eu simplesmente *não encontro nada* para lhe dizer por carta. Não é bem isso: tenho medo de dizer uma coisa qualquer e provocar o desabamento de outro furacão sobre mim. Não sei o que posso fazer por ela e esta sensação de impotência é angustiante, tremenda. Você não foi só mais um caso na vida dela, com você as coisas foram bem diferentes. Vocês tiveram uma relação de igual para igual e eu sei como isso foi importante para ela e como ela tinha consciência perfeita disso. Nunca soube, nunca quis saber o motivo do rompimento entre vocês. Ela nunca me disse nada e eu nunca perguntei. Mas talvez alguma coisa tenha sobrado entre vocês capaz de te levar a me dizer, ou dizer a ela, o que fazer. Não posso ficar sentado aqui vendo Lu se atolar em alucinações e fantasmas — pelo menos, é o que me parece à distância, agora — e não sei a quem recorrer. É possível que não haja nada a fazer, que nunca se possa fazer nada por ninguém numa situação assim — e em tantas outras situações (em todas as situações?). Mas não posso ficar parado — e não sei como agir. Não posso me dar ao luxo de mandar para ela uma palavra sequer que possa ser mal interpretada, que soe — atravessando toda essa distância que parece minúscula por causa do avião mas que é na verdade enorme, abismal, imensa mais no tempo que no espaço, que tira o sentido de tudo, que dá outro significado ao que parece mais firmemente instalado num sentido fixo —, que soe oblíqua.

Que me diz você, Marcelo? Não vou poder lidar com esta situação sozinho. Se não bastasse isso, seu filho — seu, seu de você, meu caro —, Rubinho, está vindo pra ficar em casa. Simplesmente avisou que vem para cá e pronto. Gosto dele — mas, neste momento...

Não me escreva: me telefone — que é o que eu teria feito se soubesse seu número. Já será um milagre se teu endereço ainda for o mesmo que eu tenho anotado aqui. Tenho a sensação que você poderia ser ouvido por Lu, que você poderia — enfim, não sei o que você poderia fazer: me dizer o que *eu* posso fazer?

Antônio Carlos

Tico rides again!!!!!

O tempo. Gostei de ser chamado de Magro querido — você nunca mo tinha dito —, mas o primeiro adjetivo não se usa mais, inclusive porque, infelizmente, não tem mais justificativa. Quem sabe se por causa de um apartamento no fundo luxuoso, confesso, um salário ministerial, um motorista no Rio, outro em Brasília, que insistem em me levar de casa ao aeroporto, do aeroporto ao escritório? O trabalho desgasta os neurônios, mas não atua sobre as leves camadas de adiposidade. Minha função é mais exigente do que você parece supor, mas o comum dos mortais imagina que os homens do governo entregam-se ao far niente. Tenho a árdua tarefa de emitir pareceres sobre medidas econômicas com a finalidade de convencer ministros, conselheiros e assessores de que medida econômica tem premissas e conseqüências políticas. Que tais premissas e conseqüências ultrapassam as conjunturas e interesses imediatos, mas lançam seus ligamentos no passado histórico e os projetam no futuro. Como ministros, conselheiros e assessores julgam tais considerações rigorosamente acadêmicas e supérfluas, então, de fato, não faço nada, a não ser emitir papéis, disquetes e fitas que se esvaem nas redes da inutilidade. Sou um marginal da nomenclatura, que Zeus protege contra os ventos corruptos e a paranóia desenfreada que varrem a capital.

Mas falemos de você, seu paulista seduzido pelas lantejoulas cariocas e brasilienses. O que me surpreende na tua carta?, pois ela me apanha de surpresa. Teu ressurgimento? Sem dúvida. Que escreva e me escreva uma carta, desprezando telefone e fax tão em moda? Um pouco mais. Vocês precisam de uma nova semana de arte moderna, mas preferem comemorar a antiga. Me espanta o assunto da carta que, apesar dos seus rodopios, tem um assunto. Que uma (ou um) psi deixe vazar que o amante de sua paciente é fulano ou sicrano, até aí nada de mais. Estranho que seja problema para você. Mais ainda que você se dirija a mim, e não ao Mascarenhas, por exemplo. Com toda evidência, você não está apaixonado (eu tampouco) — paixão é outra repartição. Manteve um relacionamento galante e o assusta que possa pingar na coluna de alguma Joyce Pascowitch. É promoção para o marido, meu caro. Ou o senhor receia ser emboscado numa esquina de sua paulicéia fantástica? Take it easy, o que antigamente você sabia fazer. Não, não te darei o endereço da Alice para que não a emporcalhes com tuas sujas histórias de cama (e também porque não vem ao caso). Alto! estás me achando imoral? Coitadinho do Magro querido, era tão puro!

Aprenda a gerenciar suas ex, venha tomar aulas comigo. Aliás, por que tanta insistência nas minhas ex, passadas ou futuras, e nenhuma palavra sobre meus ex?! Gostei de ter sido alvo de sua carta. Precisamos reatar, por favor, não por carta. Abração do seu, por que não?,

Magro querido

Meu caro Antônio Carlos,

Tico como o chamava Lu, se não me engano.

Deveria me lembrar deste apelido, de tanto que Lu falava de ti. Acho que o apaguei da memória porque um amigo meu de Curitiba, que vem muito a Porto Alegre, tem a mania, irritante, mas o que não se perdoa aos poetas?, de colocar no final de todas as suas frases ímpares a interjeição *taco*, seguida por ligeira elevação de voz que lhe dá um matiz interrogativo. Dá um ritmo de relógio.

Por um acaso tua carta chegou às minhas mãos. Vai um cartão com meu novo endereço e telefone. Respondo por carta, não saberia o que te dizer por telefone. Responder por carta acho mais engraçado, é uma resposta mais adequada a uma carta no fundo engraçada. Poderia te mandar um desenho, mas, na nossa sociedade, não se tem esse hábito. E se o fizesse, serias capaz de mandar outra carta a Lu e a algum amigo, perguntando o que se passa com Marcelo, o que posso fazer para ele.

Há muito tempo não tenho contato pessoal, nem outro, com a Lu. Mas posso responder: ela vai muito bem, obrigado. Sua energia vital a protege contra suas crises, ou estas são uma manifestação da sua energia. Há algo de absolutamente fantástico com Lu, ela se deprime, é capaz de se trancar horas no escuro entregue à mais total depressão, mas nela se mantém firme um núcleo inabalável: dessa eu sairei, ela tem essa convicção de pedra. É justamente por saber que de qualquer jeito ela escapará que pode se dar ao luxo da depressão. Insensata energia, nada lhe resiste. Por isso talvez divorciamos. Me apaixonei pela Lu ou por sua insensata energia?

Vai ver que a própria não resistiu à sua insensata energia. Não a vejo há tempo, é possível que tenha mudado e que esse férreo núcleo de resistência esteja minado, não sei, não tenho a menor idéia. Possível também que o núcleo se tenha invertido, passando de resistente a destruidor, de si mesma e/ou dos outros. Vamos que assim seja. Não tira nada da graça de tua carta, senhor médico.

Tu não percebes a graça de tua carta? Essa bondosa preocupação com um ser humano. Um ser humano sadio preocupa-se com outro ser humano cuja sanidade mental estaria periclitando. Em nome dessa ameaça, saímos em campanha para resgatar o ser humano em perigo. Tocante! Esse ser humano ameaçado ainda não está suficientemente deteriorado a ponto de os psicanalistas, psicólogos, psiquiatras e antipsiquiatras, hospitais e hospícios o considerarem uma presa interessante. Então acodem os bondosos, protetores, generosos, no papel de amigos, e se apoderam do que os profissionais deixaram de lado. Uma franja escapou a seu esquadrinhamento, que bom, sobrou algo para a gente.

Tu já alertaste muitas pessoas sobre o "comportamento estranho" de Lu, ou sou eu o primeiro? Embora absoluta e totalmente divorciado, como ex-marido devo ser considerado interlocutor privilegiado. Se o segundo não reagir à altura, escreverei aos outros. Ou já escreveste ao primeiro, e não deu certo? Imagino nos céus brasileiros cartas voando e disseminando a preocupação com os comportamentos estranhos dos outros. Luís, Mariúcha tem um comportamento estranho, o que faço? Ah, Severino, o Luís me disse estranhar o comportamento da Mariúcha, o que você me aconselha que lhe recomende fazer por Mariúcha? Cruza os ares rede de cartas inúmeras com mil ramificações e conexões, atrapalhando as ondas das telenovelas. O CVV abre processo por concorrência desleal e profissionais da saúde mental depositam queixa no Procon. Mas não há reclamações nem processos que consigam calar os ares pingando dessa bondosa transpiração que recende a catolicismo e psicanálise. No meio desses fogos de artifício missivista de homens angustiados com mulheres loucas, sobe o trino de um soprano que estilhaça um copo de cristal. Aí, pausa para meditação.

Não te passou pela cabeça que tu (e talvez outros igualmente preocupados com a estranheza do comportamento da Lu — afinal, dizes que "foste avisado". Quem te avisou, a Mariúcha?) poderias deixá-la viver suas angústias?

Acharia tua carta mais condizente se me escrevesses: Lu atribuiu a si mesma uma carta que eu mandei, ou o contrário, veja quanta imaginação tem essa mulher, sua ironia, sua inventividade não deixarão nunca de nos surpreender. Nem respeita os direitos autorais.

Ou então: Marcelo, acho o comportamento da Lu estranho, muito estranho mesmo, e fico por demais preocupado. Que faço? O que faria você no meu lugar? Consultaria um médico? Te conheço, andas desconfiado de médicos, prefere consultar uma mãe-de-santo. Tens razão, é o que farei. Marcelo, não posso continuar com tal peso nos ombros, é uma angústia cotidiana de que quero me libertar e que, sobretudo, prejudica minhas relações com Lu.

Mas o que farás? És até capaz de escrever uma carta a Lu para lhe comunicar: estou preocupadíssimo, minha cara amiga, estranho demais a carta do Marcelo, um homem sempre tão sensato, o que podemos fazer? Aí, a Lu pega e te responde: pô, meu, deixas disso! Ou então: caríssimo, voa imediatamente para Porto Alegre (continua em Porto Alegre?) para socorrê-lo, de preferência pela Transbrasil. Ou as duas, para te deixar a possibilidade generosa de escolher.

E lá vais tu: não é de estranhar que a Lu esteja louca, ficou casada quase dez anos com esse doido!

Mas, te quero bem, tenha certeza

Marcelo

Anna Paula,

Você deve se perguntar por que agora uma carta da Melússia, ela que foi embora e se despediu só por telefone. E mais nada, nem uma carta, apenas um cartão com um beijo rápido. Você tem razão. Não me penitencio, não peço desculpas nem perdão, é assim, foi assim. É que hoje preciso lhe escrever. Acho que preciso escrever à minha irmã mais velha, voluntariosa e autoritária, mas um terreno firme onde se pisar. É uma irmã exausta que te escreve de Paris. Preciso falar, preciso de alguém com quem me abrir, e não sei, acho que meus amigos me abandonaram. Não, não me abandonaram, mas há como um vento de loucura que circula entre nós, assim não posso mais confiar neles, mas gosto deles, todos têm seus problemas. Fui hospitalizada e ninguém veio me visitar. Pouca gente sabia que estava internada. Falar, mais intimamente, com um médico ou uma enfermeira é impossível, pessoas apressadas para quem o paciente é uma coisa, fazem o seu trabalho, até bem. Só o ex-marido de uma amiga que está em Roma me visitou uma vez, foi uma cortesia, trouxe flores, tivemos uma conversação formal. Assim mesmo agradável.

Tudo começou com uma mancha no corpo. Desconfio demais dos médicos, sobretudo aqui na França. Fui ver um naturopata que me receitou chás e compressas com infusões.

Ficou por isso mesmo. Consultei depois um derma. Achou que era conseqüência do esfregamento da pele contra o lençol quando durmo, porque estou magra. Claro, sabe o que estava na minha cabeça como estaria na de qualquer mulher: uma mancha escura, que escurece mais e se alastra, quem não pensa em câncer? Isso de esfregamento contra o lençol me pareceu água de rosas. Isso foi me atormentando. E sem poder dizer nada a ninguém, porque a reação não se faz esperar: ela é hipocondríaca. Botava gelo, botava compressa quente para testar a sensibilidade, em geral eu sentia, às vezes nada. Voltava a sentir. Cheguei a não entender mais se sentia ou não, e o que sentia. Achava que sentia na cabeça, porque eu queria sentir, mas não sentia nada na pele. Depois pensava que isso era impossível. Depois apareceu outra mancha, simétrica, isso na altura da cintura, um pouco abaixo.

Um dia na perna percebi um hematoma, fraco, ligeiramente esverdeado. Não lembrava ter batido em nada. Fiquei observando, foi sumindo aos poucos. Apareceu outro no braço. Aí fiquei realmente inquieta, voltei ao derma. Diagnóstico: a senhora esbarrou em alguma coisa e não se lembra, talvez nem tenha percebido. Isso é corrente, o próprio sistema nervoso nos protege contra dores pequenas e sem conseqüência. Expliquei que um hematoma, tudo bem, mas dois! Ele não tinha visto o primeiro, logo não podia se pronunciar. Correto. Saí de lá nada convencida e certa de que estava solitária com meu problema. No mais, me sentia bem, nada doía. Mas eu sabia que um processo estava em marcha no meu corpo que nem os médicos nem eu percebíamos. Mais exatamente: os médicos não percebiam, eu sim, mas não entendia. Me lembrei também ter tido leves sangramentos do nariz, sempre assoando. Apareceram algumas pintas, não sei como chamar, pontos cor de maravilha, como uma minúscula gota de sangue que afloraria à superfície e ficaria, recoberta por uma película de pele. Outros hematomas apareceram, com mais freqüência. Apalpava para verificar o calor, alguma febre local, uma possível infecção. É difícil saber se o calor que se sente vem de uma febrinha ou da meia, do lençol.

Comecei a ligar estes diversos fenômenos, em si muito diferentes mas que para mim tinham algo em comum. Todos tinham a ver com sangue e, a não ser os sangramentos nasais, com sangue que chegava até a epiderme e aí ficava logo debaixo da pele, represado, amassado, coagulado. Depois o corpo absorve esse sangue como que pisado, os hematomas principalmente, porque os pontos cor de maravilha ficam. E depois aparecem outros. Um dia de manhã acordei com a lucidez, uma sensação de lucidez, de que o problema estava no sistema circulatório superficial. Não sei se isto existe, mas fiquei feliz com minha descoberta, porque caminhava em direção à compreensão, e portanto à cura. Tinha que agir rápido, porque debaixo da minha pele esses pequenos acidentes circulatórios, acumulados, poderiam formar uma couraça e impedir a respiração da pele. A urgência não era tanta, demoraria até a formação da couraça, embora não pudesse prever o ritmo que poderia se acelerar, melhor tomar medidas imediatas, além do mais, essas manchas na minha pele, não fica nada convidativo. Tentei me lembrar se alguém da família tinha tido um problema do gênero, pensei no pai, na mãe, em você. Não lembrei nada. Você sabe de alguma coisa? Não era fácil ir ao médico, porque os hematomas não duram muito, se não tivesse um bom hematoma para mostrar, ou vários, ouviria de novo: Mais, madame, vous vous êtes cognée. Então pensava, hoje não, mas amanhã eu vou. E no dia seguinte, o hematoma já não tinha mais a intensidade da véspera. Fiquei assim uns quinze dias, vigiando os hematomas e os pontos cor de maravilha. Vários se formaram debaixo do seio esquerdo, desenhando uma pequena trilha. O tempo passava e eu achava que nunca conseguiria ir ao médico. Enquanto isso, a gente não fica com cabeça boa para trabalhar, acaba não fazendo nada, sai um pouco, vai a um cinema sem muita convicção. Finalmente um dia estava com dois hematomas, bons, um na coxa direita, outro na mão, também direita. Fui à Salpêtrière consultar um especialista em circulação, em outras palavras, um cardiologista. Achei ridículo, porque meu problema não era de coração, apenas os vasos superficiais, por isso eu sangrava de vez em quando ao assoar o nariz. Não consegui demover o assistente, era cardiologista mesmo. Fiquei frustrada, porque era evidente que um médico com especialização tão importante ia achar que eu tinha esbarrado em algum móvel. Para minha surpresa, encontrei um homem compreensivo, disposto a me ouvir, até me felicitou pelo prédiagnóstico que lhe apresentava. De fato, a ruptura dessas minúsculas ramificações pode ocorrer sem esbarrar. Me beliscou um pouco, mas por enquanto não podia dizer nada. Precisava ficar em observação no hospital por uns dias. Tinha que ficar de cama, na maior imobilidade, para evitar de provocar os hematomas. Duas vezes por dia, vinha uma enfermeira e me examinava sous toutes les coutures em busca de novos hematomas, braços, pernas, seios, nádegas. Eu via na cara delas que não achavam nada, perguntava timidamente, elas respondiam sempre funcionais: A senhora está bem melhor, logo terá alta. Ficava incomodada, tanto trabalho para nada. Não sabia o que fazer, não podia bater na quina da cama só para provocar um hematoma, com certeza eles perceberiam. Ridículo. Quase uma semana, e não apareceu nada, uma semana de tédio diante dessa inutilidade toda e do trabalho vão que dava às enfermeiras. Saí uma semana mais tarde, o médico me recomendou que voltasse às minhas atividades normais e que examinasse todo dia, ao levantar e ao tirar a roupa antes de dormir, o aparecimento de novos sinais. Deveria imediatamente me comunicar com ele, não precisava nem marcar consulta, era só aparecer que me atenderia. Principalmente roupas que apertam, sutiãs, elásticos, ou onde possa haver fricção, ligas se usar, sapatos, anéis. Olha, Anna Paula, até agora não apareceu mais nada, inacreditável, e não tomei remédio algum no hospital, só calmantes, foi o que eles me disseram, remédio poderia mascarar os sintomas.

Contando assim parece que estou bem. Mas não estou, me sinto como que ameaçada, tenho que me vigiar o tempo todo, vigiar meu corpo, minha pele. Estado de alerta constante. É desagradável essa vigilância duas vezes por dia, faço exatamente o que o médico recomendou. Toma tempo e a gente não consegue ver todas as partes de seu corpo, tenho que me contorcer diante de um espelho e usar também um espelho de mão.

Uma carta assim, só a uma irmã pode ser escrita. Não te peço nada, só ler esta carta. É simples.

Ta petite soeur

Antônio Carlos,

"Todo o Espaço que um Homem pode ver ao redor de
[sua casa
Em pé em seu próprio teto ou em seu jardim num monte
De vinte e cinco côvados de altura, esse espaço é seu
[Universo."

Você reconhece estes versos? Não creio. Deveria reconhecer, mas não creio que reconheça. Foi você quem me fez descobri-los — enfim, foi você que me apresentou a Blake num livro de bolso que você me mandou de Londres nalguma vida anterior, tanto tempo faz... Cinco anos, quem sabe. O livro e um postal, você me mandou. Postal que desde aquele dia usei para marcar as páginas do livro. Lembra? Não lembra. Mostra "O Anjo Bom e o Anjo Mau lutando pela Posse de uma Criança", desenho a caneta e aquarela, 1805. O anjo mau está à esquerda (claro, onde mais?) voando à frente de grossas labaredas vermelhas. Parece mais poderoso do que feio no seu corpo musculoso e moreno escandido por um anel de ferro na perna esquerda (como se tivesse estado preso: não dá para distinguir). O corpo do anjo bom, segurando a criança, é branco (nem Blake escapa dos maniqueísmos evidentes?). O anjo bom está assustado. A criança se sente completamente insegura nos braços do anjo bom, sabe que na verdade não tem nenhuma proteção, quer escapar dos braços incertos, fugir por cima do ombro do anjo bom. Se me desafiassem, eu apostava na derrota do anjo bom e na perda (na perdição?) da criança. (O que aconteceria com ela?) Por isso também, talvez, gostei de Blake. Foi isso a primeira coisa que vi no desenho: a derrota do Bem. A segunda foi o sexo do anjo bom. Suas pernas são de homem, grossas, como em Michelangelo, apenas mais modernas. Mas seu rosto é feminino. As mamas são desenvolvidas, poderiam ser de um atleta como poderiam ser seios (os do anjo mau não podem ser seios, apesar dos bicos salientes; outro maniqueímo de Blake?). Então olhei para o lugar do sexo do anjo bom (talvez foi para lá que olhei em primeiro lugar, seguindo-se o percurso sobre as mamas: agora eu estaria invertendo o roteiro, vai saber por que motivo...): parece mais uma vagina, quase entreaberta. Poderia ser um pequeno pênis retraído. Ou um saco. Mas me deu a impressão de uma vagina. Combina com o rosto do anjo bom. O postal parece uma boa reprodução, mas esse detalhe é indistinto. O anjo mau tampouco tem um sexo visível, mas ninguém duvidará de sua masculinidade. Quando vi os desenhos de Blake, ao vivo, não me interessava por seus versos — mesmo meu interesse por ele como desenhista era superficial. Agora, gostaria de voltar a Londres para examinar o sexo do anjo bom. A luta pela criança não me motivou, apesar de tudo: o sexo dos anjos, sim.

Tudo isto para lhe dizer que você não tem o número de meu telefone porque não tenho telefone. E para lhe dar a exata dimensão de meu mundo. Recebi suas duas cartas, não se preocupe: o endereço está correto. As cartas chegam até mim apesar de onde estou — você não poderá imaginar. As cartas chegam, mas o telefone, não. Não quero.

Suas cartas, Antônio Carlos, me chegam literalmente de um outro mundo. Considero a primeira delas uma máscara — uma meia-máscara, vá lá. É o Antônio Carlos tentando controlar-se, mostrando domínio de si, querendo manter a cabeça à tona — o Antônio Carlos de sempre. Esforçando-se por parecer ligeiramente frívolo, querendo soar distante ao mesmo tempo em que pede socorro. Já na segunda carta, você está mais você (existe isso?), o grito de socorro vem com todas as letras, quente. Se você tivesse ficado na primeira carta, eu não teria respondido. Não se ofenda, não me queira mal. Por enquanto, "o céu é uma Tenda imortal" que me abriga muito bem e não preciso de nada além dela e seus vinte e cinco côvados de altura.

Não é verdade. Eu acabaria, sim, por escrever-lhe: eu lhe devo pelo menos Blake, que você me deu sem atenção, quem sabe num gesto blasé. Como ligação emocional, o postal foi muito mais sincero. Mas você me deu também, querendo ou não, as letras pretas e eu acabaria lhe escrevendo.

Não estou tão alheio em relação a sua vida como pode parecer pelo que escrevo aqui. Tenho acompanhado na imprensa sua, como dizer, atuação. O Antônio Carlos de sempre, atolado numa briga (não se zangue) pueril (não se zangue, eu disse; gosto das crianças, prefiro a companhia delas à dos adultos, qualquer besteira que me dizem tem sentido para mim, despertam alguma coisa em mim; qualquer gesto que fazem desenha para mim um universo em que eu jamais pensei ou que esqueci completamente; me encantam, as crianças). Às vezes, quase entendo por que você me deu o Blake: era para você mesmo ler, você não tinha coragem (ou talvez já conhecesse tudo, intuitivamente) e deu a um amigo (a mais de um?) como presente revelador, autodesnudante. Eu aceito o presente, Antônio Carlos. Seu mundo é um mundo de maus e bons, terrores e esplendores, cavernas e luas, Justiça e Força, Adão e Satã, opacidade e solidez. Um mundo que só existe mesmo na sua cabeça, não é, Antônio Carlos? Ou nos livros. Eu gosto de Blake — mas sei que ele está lá, no livro. Você acredita no fundo que é o próprio Blake, ou uma de suas personagens — só não digo que você embarca nessa história toda de New Age, não é essa sua tônica, sei disso (será que todos esses new-agistas leram Blake? Duvido).

Essa história da Lu é mais uma prova do que digo sobre você. Você quer ver claro, tomar partido, ajudar o outro, resgatar a si mesmo. Para que tudo isso? Para que essa constante sensação de culpa por coisas que acontecem com o outro, pelo outro, apenas porque o outro quis que acontecessem? Você não conhece as mulheres, Antônio Carlos. Nunca conheceu a Lu direito. Muito bem, sei que amigo é para isso mesmo: desconhecer o amigo. Amante também se comporta de modo igual. No começo. Mas amante acaba por ver as coisas. Digamos que o amante vê antes a real natureza do outro: a amizade sempre leva um pouco mais de tempo para terminar. Quando eu comecei com a Lu, me avisaram sobre ela: esses avisos mal-intencionados que "só querem seu bem", claro. Mas, avisos. Se os avisos não tivessem existido, porém, bastaria ler o nome dela. Você já leu o nome dela? No começo, não me toquei muito com isso, ou só de raspão. Mesmo no início, eu brincava com ela, cutucava-a chamando-a de Melíflua, com um acento particular — não sei explicar o motivo, mas "melíflua" *sempre* soou para mim como o oposto, talvez, do que é; sempre me pareceu dissimulação, modos sub-reptícios de envolvimento, artimanha. E de Melíflua passei logo para Melúria, não no sentido de "queixa habitual" mas de "queixa astuciosa" e, mais ainda, de palavra manhosa, de fala untuosa e, obviamente, de pessoa dissimulada. Você vai me dizer que não é -lúria mas -lússia, e que portanto o nome dela seria algo como Luz Suave, Luz Terna etc. Para mim, acabou sendo Luz Dissimulada, Luz Manhosa. Você vai me dizer que o tempo acaba impondo essas leituras, que é quem as faz que se torna responsável por elas e não a pessoa mesma que as provoca. Pode ser. Não vou brigar por causa disso. Ao contrário de você, não vou mais brigar por nada, se é que um dia briguei. Mas isso é Lu, a mulher da queixa astuciosa, a mulher da fala dissimulada. Sob aquela exuberância, aquela presença alegre e chamativa, quase um presente visual para os outros, Melússia (não mais acho correto chamá-la pelo diminutivo carinhoso) é perversa, se por perversão se puder entender autocentrismo exacerbado. Uma personalidade ptolomaica. Eu não nasci para satélite (nem você, sei disso), mas Melússia sempre se julgou um astro-rei: onde está, nada mais pode brilhar, nada pode brilhar mais que ela. E os ptolomaicos são vingativos, tremendamente vingativos. A ira dos ptolomaicos é tremenda, excruciante. Inquisidora. Mais que isso, é eterna. E aniquilante. Mais do que ira, é WRATH, a WRATH blakiana, já que estamos nisso. Não, porém, a indignação altiva — porque os ptolomaicos não são merecedores disso: é a simples raiva violenta, a fúria desbridada. Essa palavra para mim é onomatopaica: WRATH é o barulho de coisas que se rompem, o som de corpos sendo abertos como se abre um tecido com as mãos — o ruído do ódio dilacerante. Melússia quer sangue, meu caro. Se você se converte à seita dela, tudo bem. Mas se você não estiver inteiramente a favor dela, você está totalmente contra ela. E, aí, salve-se você se puder. Esta é sua linda e brava amiga, meu caro. Você acha que vim para o Sul de livre e espontânea vontade? Não me queixo, agora (Melússia pensa que estou exilado: se souber que não me sinto mais assim, ela se despachará para cá para me varrer do mapa de novo...). Mas vim para cá para escapar do cerco que ela me impôs. Como herege, eu estava sendo queimado vivo em praça pública. Ela passou a dizer cobras e lagartos de mim, quando rompemos. Claro, acreditavam nela, não em mim. O homem é sempre o culpado. É ridículo. Estamos no fim do século, quase no pós-feminismo, e os homens são sempre os crápulas — pelo menos neste país de simulacros. Não havia nada que eu pudesse contra-argumentar. Percebi isso logo e me recolhi num silêncio que imaginei dignificante, um silêncio que pudesse dizer aos outros: Vejam, eu não digo nada, por isso pensem um pouco em minhas razões silentes, pode ser que eu tenha razão, pelo menos um pouco de razão. Não adiantou nada. Eu simplesmente não mais tinha espaço por aí, ela me fechou todas as portas. O marido dela ela pôs no bolso, dentro de uma caixinha de madrepérola que ela sacava de vez em quando para impressionar os outros, quando ainda não se tinha firmado. Era um sujeito brilhante. Enfim, bastante bom. Mas quando ela se transformou na Senhora Melússia, ele virou um enfeite, mais um penduricalho. E como ela já tinha muitos penduricalhos, aquele era demais, um estorvo. E fim. Eu não era um penduricalho. Mas na paranóia dela, de repente virei um competidor. E confesso que não tive forças para desmontá-la, desmascará-la. Talvez não tenha querido. E só me restou o exílio sulista. Que foi ótimo. Mas...

Portanto, não me venha falar de melússias, que só me lembram merluzas escorregadias e medusas com seus tentáculos gelatinosos e abrasivos. Bruxa. Nem uma boa foda Melússia foi: estava sempre preocupada demais consigo mesma até para isso. Tudo isso para mim é agora indiferente. Se quiser, sinto por tudo isso uma curiosidade cínica, quase profissional. É nessa medida, e nessa medida apenas, que me interesso por seu caso. Sua segunda carta é rica em detalhes e explicações. Pelo menos, parecem explicações *para você*. Eu diria que você não entende as mulheres. Em todo caso, não entendeu nunca Melússia. Tudo que você me disse é em grande parte correto: os equívocos de Melússia sobre as relações entre vocês, tudo isso você coloca em termos justos. Mas de algum modo fica aquém da verdade. O que estraga você é seu maniqueísmo, que o impede de ver as coisas em sua multiplicidade real. Eu não tenho toda a verdade sobre Melússia. Mas o que eu escrevi aqui, e que tenho certeza você desconhecia (embora eu também saiba que você reconhecerá como verdadeiro), está muito mais próximo do real. O que lhe digo? Você se equivocou antes e se engana agora, com toda essa história de mulheres que você me conta. E um aviso (inútil, sei disso — porque você é cordial demais, ou formal demais, para fazer qualquer coisa): Rubinho é uma cabeça-de-ponte, coluna avançada e infiltrada através da qual o braço distante de Melússia vai alcançar você e destruí-lo. Se, repito: *se* as coisas forem como você descreve, do que não tenho certeza. Morar em São Paulo distorce a realidade (não direi que ser paulista é ver tudo torto...).

Vocês não vêem nada. (Os artigos sobre neoliberalismo — e os sobre neoliberalismo e cultura, então, nem se fala! — desse grupo com quem você anda, embora eu imagine que você não endosse tudo, me fazem sempre sorrir apiedado. Se eu ainda morasse aí, minha reação seria agressiva; aqui, só me fazem sorrir maledicentemente. A atmosfera turva de São Paulo não permite enxergar um palmo adiante do nariz.) Você está perdido, meu caro. E não sei o que posso fazer. Para falar a verdade, todo este diz-que-diz autocentrado, se for para levar a sério, me aborrece e me entedia, inclusive a parte que me toca. O mundo todo aí...

Mas... mas... Parto para Milão daqui a duas semanas. Acredite se quiser (jamais deixe Melússia saber disto), ganho mais dinheiro com minhas atividades "literárias" lá fora do que aqui (isto não deve espantar ninguém, na verdade). Vou para concluir o acerto de uma tradução para o italiano do... de quem?, Blake, claro, quem diria!... que fiz com um amigo argentino (justamente: o argentino não é um italiano que fala espanhol e que pensa ser inglês?), artista plástico anti-religioso, sobretudo anticristão e anticatólico (ainda existem!). Mais do que isso, vou para receber direitos autorais por uma luminária cuja patente eu represento: mudei de vida, meu caro. Isto para lhe dizer que não penso em descer tão baixo quanto Roma, que sempre me pareceu uma Campinas cheia de ristoranti e sem os mármores caídos. Uma passada por Paris, porém, não está excluída. Pensando em acumular material para o futuro, não excluo algum contato por lá, se você quiser. Não me via escrevendo isto no começo desta carta: escrevo agora. Interesse clínico, se preferir.

Mesmo para quem mora onde eu moro, esta carta já está enorme. Foi bom saber de você. Qualquer coisa, me escreva nas próximas duas semanas.

Abraços confederados,

Brentano

Melússia,

Sua carta fez o efeito de uma bomba, você não imagina que pudesse ser diferente. Após anos de relações frias ou mesmo inexistentes, uma viagem que se tornou um silêncio fúnebre, quem sabe se não agressivo, chega uma carta de uma moça fragilizada. Foi o assunto do jantar. Emílio, atônito. As crianças fizeram festa, claro. Disse que era pessoal, de irmã para irmã, coisa de mulher. Achei melhor que não a lessem.

Mas realmente não entendo por que você escreveu agora. Não sei por quanto tempo você esqueceu que a gente existe e agora vem me escrever essa carta. Não sei quem você espera convencer ou o que está querendo. Se é isso que você quer ouvir, posso dizer: Lu, é óbvio que você não tem nada! Todo mundo em casa conhece seus achaques, suas manias de doença. A Lu dramática de sempre! ''Há um vento de loucura que circula entre nós''! ''Fui hospitalizada e ninguém veio me visitar''! Você avisou alguém, por acaso? Está vendo, até eu ia caindo nessa outra vez. Uma coisa, posso lhe dizer: vai, continua consultando naturopatas e tomando chazinhos e fazendo compressas, vai. Se você tiver mesmo alguma coisa séria, vai ver só. Você parece que não aprende mesmo. Diz que seu médico achou você magra. Imagino como deve estar magra! Já se esqueceu de seus tempos de vegetariana ou sei lá o que, quando começou a ficar cinza, pele sobre osso, feia que nem uma nordestina, cabelo ressecado, e acabou internada com anemia profunda? Não sei, parece que você faz de propósito! Se seu médico disse que você está magra é porque está mesmo. E essas pintinhas, faz tempo que você tem e você já me falou nelas há não sei quantos anos. Também tenho, um monte delas, é de família, no peito, nos braços, aqueles botõezinhos vermelhos que parecem sangue pisado, bolinhas de sangue, não é isso? Todo dia descubro um novo. O que você pensa? Você também está envelhecendo, isso é natural. Você deve é andar nervosa outra vez, embora não consiga imaginar como, vivendo aí em Paris. Não sei como consegue isso, ficar aí em Paris, sem marido, sem filho, sem família e ainda por cima encontrar motivo para pensar bobagens.

Vou te passar uma receita que me deram uma vez, acho até que já te falei nisso: esfregar leite de pepino na hora de dormir, ou então pegar um pepino bem grosso, esfregar direto em cima da mancha. Dizem que é tiro e queda. Comigo não funcionou, mas com você pode dar certo, sua pele é mais clara que a minha. De tudo que você me contou, é só nisso que acredito. O resto, você mesma já desmoralizou na sua própria carta. Quero ser mico de circo se você tiver alguma coisa. Você sempre foi muito mimada, última filha, mas está na hora de crescer, você não acha, Lu?

Vou ficando por aqui. Falar do Emílio e das crianças, que adianta? Não te interessa mesmo. Aliás, a família está se desmilingüindo. A vovó morreu faz seis meses, mas acho que você nem tomou conhecimento. E depois foi a vez do tio Felipe. Você nunca deu muita bola para eles. Um dia, você vai sentir falta, mas aí já será tarde demais.

Quando tiver algo mais sério, escreva, e pode ser em português mesmo. Se tem uma coisa que detesto em você é seu exibicionismo, sempre foi muito exibida. Escrever coisas em francês só para mostrar como você é culta e como você está já tão aclimatada aí! Espero que não faça isso nunca mais.

Sua irmã
Anna Paula

Mãe Lu,

Veja isto: fui pegar tua carta, que eu tinha tirado do envelope e deixado aberta sobre a mesa. Quando peguei a carta, senti alguma coisa um pouco mais dura na mão, mas não dei importância e fechei mais a mão pra segurar melhor a carta. Aí doeu e sangrou. Fui ver e estava com uma gilete fincada na palma da mão. Agora me explica isso. A gilete devia estar na mesa, não sei, não conheço direito o lugar aqui ainda, pode ser mesmo que a gilete estivesse na mesa. Você não vai levar a mal, mas juro que pensei: pra que ela foi me mandar uma gilete? Foi um cortinho de nada. Só que eu fiquei impressionado. Têm acontecido umas coincidências estranhas comigo, ultimamente. Mas já desencanei.

Mãe Lu, corta essa que você vai vir logo, que está com saudade e tal. Eu já quase tinha acostumado com essa estória de você ficar por aí, mas ultimamente não tá muito legal. Acho que você pirou de vez mesmo, me perguntando pelo meu pai. Que pai? Eu tenho pai? Detesto quando você me trata como criança, como me tratou na sua carta. Vocês piraram todos, cada um pro seu lado, e eu que me vire. Você não me disse nada de novo na sua carta.

Nos poucos dias que estou aqui, o tio Tico tem sido ótimo. Estou curtindo ele e acho que ele está me curtindo também. Tem me levado pra cima e pra baixo, me mostrado coisas da cidade que eu nunca tinha visto antes, coisas que eu já tinha visto mas que acho que nunca prestei atenção. Tem umas partes da cidade que me metem medo. Não é nada assim muito claro, é só um medo da cidade. Pareço um bobão, às vezes. Um medo como se eu fosse criança outra vez. Me lembro de pouca coisa de quando eu era criança. Uma vez fui com o pai pra Santos, você deve saber disso melhor que eu. Ele me levou pro porto. Parece uma outra vida. Nem sei como ele era, meu pai, quero dizer. Na minha memória ele é uma sombra, naquele dia. Acho que a gente ia passar pro outro lado do canal, que na época eu nem sabia que existia. Lembro vagamente de um barco que pegamos. Mas antes de pegar esse barco passamos por um enorme navio negro ancorado no porto. Fiquei apavorado, aquela imensa montanha de ferro, e eu acho que nem sabia que era ferro naquele momento. Aquela imensa massa preta do meu lado, muito alta, e eu andando embaixo. Fiquei apavorado. Nunca mais vou me esquecer dessa imagem. Acho que tenho medo de navio até agora. Te conto isso porque o que senti outro dia, outra noite aqui em São Paulo foi a mesma coisa, na Marginal, de noite, a gente andando ao lado dos prédios iluminados pelos postes altos. É um outro tipo de medo, mas é um medo.

Mas ele tem me dado a maior força. Considerando as circunstâncias. Por um lado, acho ele mais preocupado do que da última vez, mas pode ser minha impressão. Por outro lado, ele está ótimo. A nova mulher dele está fazendo muito bem a ele. Bom, não é mulher dele, porque ela é casada, parece, pelo que pude entender. Sei lá, a mulher com quem ele está andando. Acho péssima essa mania que vocês coroas têm de dizer namorada, pra alguém da idade deles. Não sei se você sabe quem é, uma tal de Lina. Ela é simpática. Um pouco afetada, sofisticada, mas é simpática. Deve estar acostumada com dinheiro. Dinheiro, mãe. Dinheiro que o tio Tico não tem.

Lu, o que eu queria era te contar umas coisas. Às vezes sinto falta de você. Não ia adiantar nada, mas eu queria te contar mesmo assim. Eu vou dar umas despesas pro Tico, você vai ter de acertar depois com ele. Tô tentando descolar uns frila por aí, mas não está fácil. Mas esse também não é o problema principal. Sei que não dá, mas você não conseguia me mandar uma passagem pra eu passar uns tempos por aí?

Ru

Minha Lu,

Me desculpe. Lu, fui injusta. Acho que fui. Está sendo difícil para mim. Realmente não fui injusta, penso o que lhe escrevi na terça-feira. E você sabe que é verdade. Mas fui injusta ao escrever o que escrevi. Tinha que escrever para saber exatamente o que pensava. Fui injusta foi ao mandar a carta. Não retiro nada do que escrevi, mas afinal, se você mandou esta carta — mesmo que seja tudo fantasia e exibicionismo como só pode ser —, você sofre, mesmo que um sofrimento mental e não físico. Devia ter levado em consideração seu sofrimento, e não o que você diz, o teor da sua carta. Tenho certeza de que as pintas que preocupam você não têm a menor importância, mas o que importa é que elas te atormentam. Que você acredita estar doente, é isso que importa, minha querida. Não vai pensar que estou arrependida por ter enviado essa carta, mas hoje não a enviaria mais. Vai ver que essa é mais uma das nossas briguinhas de crianças, duas irmãs brigonas e rivais, mas que se amam, é o essencial.

Lu, nunca deixei de pensar que esse seu afastamento ostensivo disfarçava um orgulho tímido, ou uma timidez orgulhosa. Você rejeita meu casamento, minha vida regrada, a funcionária de horários fixos e cumpridora de seus deveres, e mal paga, a esposa fiel, a mãe que levava os filhos à escola às sete da manhã. Tudo isso era muito quadrado, não é mesmo? Mas gosto de minha vida, por incrível que pareça, o que fazer? E, por cima dos nossos desentendimentos, gosto de você com muito afeto, é verdade, e estou pronta a ajudá-la, faço o que puder, que dúvida! Desde que você deixe que a ajudem. Não adianta pedir socorro e oferecer resistência.

Como irmã mais velha, autoritária e voluntária, devo lhe dizer uma coisa: Lu, volte. Sua permanência em Paris atualmente não faz sentido. Você está doente, poderá ser tratada tão bem em São Paulo quanto em Paris. Aqui não é Uganda, afinal. E você não parece tão doente que não possa tomar um avião. Aqui tem amigos e terá a ajuda da família, em todo caso da irmã. Se alguma doença você tiver, certamente não passa de uma micose, ou de uma alergia. Me falaram de um centro de pesquisas médicas que se dedica às alergias. Agora estão fazendo uma pesquisa sobre os ácaros, saiu no jornal. Você precisa de descanso, de repouso, uma pausa para se reencontrar a si mesma, para retornar a seu dinamismo fogoso. No seu apartamento, terá mais conforto que num hotel de uma cidade estrangeira. E que hotel é esse em que você está? Quantas estrelas? Faça um esforço de raciocínio lógico e volte. Deixe por um tempo essa teimosia irracional que lhe faz mal. Faça isto por você, por mim.

Também por Rubinho. Ele se cansou de viver nesse apartamento vazio. Eu o convidei para ficar conosco, preferiu ir morar no Rio com Tia Nieta. Para ela foi bom. Estava sozinha, por telefone ela não mede palavras para agradecer a presença de Rubinho, muito carinhoso com ela. Mas para ele não parece tão bom. Está solto, trancou as matrículas da faculdade aqui em São Paulo, e não faz nada no Rio. Me disse estar cursando uma escola de computação, até duvido. E a maior parte dessas escolas não são sérias, isso é sabido. Na idade dele — aliás, em qualquer idade — é perigoso ficar ao léu. Ele pode se hospedar em casa por um tempo, sem problema. O quarto de Alberto está livre, está fazendo um curso de engenharia naval no Rio e só vem a S. Paulo um fim de semana por mês. E Rubinho se dá bem com Antônio, eles têm quase a mesma idade, e com Cecília. Discretamente já fiz esta sugestão mais de uma vez. Sempre me responde que não quer voltar ao curso de filosofia, prefere computação ou vídeo. Não vejo nenhum impedimento para que volte a S. Paulo e mude de curso. Não é possível que não haja aqui nenhum curso de vídeo ou computação de nível universitário. E mesmo, Emílio e eu temos grandes dúvidas se realmente a universidade prepara adequadamente os jovens para as profissões novas. Pelo que se ouve dizer, o diploma universitário não abre portas para boas carreiras. Muitas vezes as firmas preferem candidatos com cursos técnicos eficientes. Você poderia falar com Rubinho, convencê-lo a voltar. Quem sabe se ele não aceitaria um conselho da mãe!

Isto me faz lembrar que conheço um médico que não é dermatologista mas cuida da pele. Tem um nome italiano. Uma amiga minha, você não a conhece, o consultou, deu resultados magníficos. Rejuvenesceu, juro. Para ele, a pele é um órgão de respiração, mas negligenciamos esta função, e permitir à pele que volte a respirar melhora a saúde em geral. Para isso tem que tomar uns banhos, esfregar o corpo com crina, coisas assim. Eu acho que precisamos ficar abertas para as idéias novas. Às vezes tem umas que são corretas. Minha amiga ficou bem satisfeita. Estava até pensando um dia fazer uma consulta. Mas não encontro tempo. S. Paulo é assim, cada vez mais.

Você voltaria a ser a jovem que era, jovial, esfuziante. Sempre crítica. Lembra das primeiras fotografias que bateu, uns borrões, não se enxergava nada, tudo fora de foco? E você achava uma maravilha. Todos riam de suas fotos, você fincava pé, de cara amarrada.O pai é que entendeu você, isso a gente deve reconhecer, todos riam, mas ele dizia como se fosse uma verdade evidente: essa menina será fotógrafa, ela tem jeito. Ele acertou, não é mesmo? Continua fazendo fotos? Tanto tempo que não sei de você, não sei o que faz, nada.

Minha querida, te deixo e só tenho uma coisa a te dizer: te esperamos de braços abertos. É só mandar um telegrama e estaremos no aeroporto.

Um beijo muito afetuoso da tua irmã mais velha,

Anna Paula

Antônio Carlos, meu caro A. Carlos, meu caríssimo Ah Carlos!

Ah Carlos!

Suas três cartas já formam um considerável dossiê em cima de minha mesa. Estão dentro de uma pasta de cartolina azul (nunca o vi usando outra cor de roupa, não é assim?, escolhi a pasta azul em sua homenagem: o que eu não puder lhe dizer de bom, a cor se encarregará de fazê-lo, as vibrações chegarão até você, tenho certeza...). Ocupam um bom espaço: impossível deixar de perceber a presença delas. Se não se pode ser franco com um amigo, vamos ser francos com quem? (Bobagem, não precisa me dizer: é com os amigos que somos menos francos, mais fácil ser franco em público.) (Exagero, eu sei. Sorry.) Quero ser franco com você, sua primeira carta me causou uma certa irritação, que a segunda só fez acentuar — todos esses universos íntimos abertos aos olhos de uma outra pessoa (eu), tudo isso me pareceu muito pequeno. Irrelevante. O mundo caindo (pelo menos nosso mundo brasileiro) e você gastando seu tempo de vida para me falar de seus envolvimentos emocionais, e me fazer gastar meu tempo de vida com esses envolvimentos pessoais e me levar a resgatar minha vida escrevendo de volta para você. Esse homem que *vocês* paulistas elegeram (foram vocês que elegeram, não foi o Nordeste não, não foi Alagoas: foi aí que ele ganhou) destruindo o país de uma forma que nenhum populista anterior fez, que nenhum militar golpista conseguiu fazer, este país sendo destroçado por décadas adentro no futuro, a caminho seguro de ser o Líbano das Américas (remember Uruguai, a "Suíça sul-americana"), e você me escrevendo essas cartinhas? Ah Carlos!, que demência, que loucraziness! Sua atitude até poderia ser admissível aqui no Sul, onde o verniz de civilização está um pouco mais espesso, onde ainda se passa uma nova mão de verniz a cada dois anos. Mas aí, nesse Nordeste disfarçado em que já se transformou sua terra... (antes a linha do Nordeste chegava só até o Rio...). Quem te viu, quem te vê, hein, Ah! Carlos. Dos anos 60 para cá... Quente viu, quem tv. Um verdadeiro escândalo. (Como coisa que eu... que nós... que eles... que a puta que nos pariu a todos... enfim...)

Francamente, sua última carta me parece em grande parte irrelevante. Aquilo em que você me contesta a respeito de Melússia é irrelevante, sua tentativa de explicá-la é irrelevante, a defesa que você faz de você mesmo é irrelevante. Rigorosamente, você não sabe de que está falando. Não alimento nenhuma animosidade em relação a você (eu quase diria que no fundo tudo isto me é bastante indiferente) (e é bem provável que você, sim, acabe criando animosidade em relação a mim; paciência), mas, creia-me, é um pouco (bastante) isso: você não sabe bem de que está falando.

Você tem sim responsabilidade, alguma responsabilidade por tudo isso. Em que grau, admito que não sei. Mas que tem, tem. Você é a ambigüidade ambulante, meu caro. Você seduz, sim senhor. O fato de não saber que seduz, de (supostamente) (e nisso me parece sincero: mas não resolve nem atenua nada) não ter consciência de estar seduzindo não elimina o fato. Você envolve as mulheres numa teia espessa de sedução. E depois se diz surpreso com os resultados. Eu digo uma coisa em sua defesa (ou em acusação a você?): no fundo, não é bem que você queira seduzir, concedo — você quer é agradar, ser recebido (por nenhum interesse mal-intencionado, não é isso) e acaba praticando a aceitação, que difere, em minúscula quantidade, da sedução. Ao mesmo tempo, surge "ele, envolto em Arcos & Flechas, vulto assustador/ não duas: quatro vezes". (Eu deveria estar citando do italiano, mas estou inseguro: mais e mais, sei que poesia não se traduz: nem se transcria: Blake jamais poderia ter nascido italiano, só um inglês conseguiria falar assim do Inferno, do Demônio, do Mal: quem criou a Igreja e o Demônio foram os italianos, que se dispensam de crer nisso tudo: o Inferno do italiano é o inferno de Dante, *una roba da matti*, farsesca: só um inglês pode ser assim romântico, nunca um italiano: só um inglês pode ser assim místico, e só um alemão pode levar isso a sério: e só minha vaidade me levou a aceitar essa tradução: o tradutor não é um traidor, é um velhaco: em outras palavras, eu deveria citar em inglês, só em inglês tudo isso soa a sério.) Esse "ele", meu caro, é você: andando duro de tanta armadura. Ah Carlos, você parece um samurai, com aquelas armaduras de couro e ferro em camadas sobrepostas (duas, quatro vezes), que parece mais couraçado (palavra boba: já pensou, um navio de guerra de couro?) do que os cavaleiros ingleses com suas couraças de metal reluzente, do que os cavaleiros espanhóis com suas armaduras de ouro. Um samurai do qual só se vêem os olhinhos lá no fundo e que de repente vira um monstro, grita Banzai! e sai em defesa dos fracos e oprimidos — que hoje, parece, se reduziram às mulheres, e a uma e outra mulher em particular, não é mesmo? Lá vem ele, Ah Carlos, envolto em arcos & flechas... vulto sedutor... para as mulheres (não olhe para mim). As mulheres adoram um vulto encouraçado. As mulheres têm irrefreável vocação para abridor de lata. Rara a mulher que não sucumbe a isso. Se encontrar uma, agarre-a em seguida: é figurinha carimbada. (Com essa não dá pra jogar bafo: nem trocar por outra.) (Mas é claro, nisso eu concordo com você: a gente se cansa dessas também.) O que é a vocação para abrir lata senão a vocação materna? Merlússia é a Grande Mãe orwelliana, a Mãe Tribal, mas não essas Mães de um matriarcado ante-Histórico idílico que feministas deblaterantes difundem por aí: é a Grande Mãe gentil por cima e Castradora por baixo — a mesma mão que corta a tampa da lata corta o pau que deveria abrir a tampa da (outra) lata. Freud estava completamente equivocado! Nunca vi isso com tanta clareza como depois que vim morar aqui no Sul: o sul, el Sur (ou você não acha Curitiba sul o suficiente?), ajuda a pensar. O próximo século talvez veja nossos filhos (você tem? nem eu) libertos da grande opressão freudiana, da grande mentira freudiana. Freud teve tudo para enxergar direito, mas se deixou levar pelo lado mau e viu torto. Era judeu, mas, bom menino, deixou o lado austríaco, ocidental, prevalecer. Resultado: viu errado e nos impingiu essas mentiras pias com que nos intoxicaram nossa cultura. Freud deveria ter nascido na Itália. Com um Freud italiano, nossa história seria outra. Melhor. Só um italiano sabe que quem castra é a Mulher. E um siciliano sabe disso melhor que um italiano. Você já imaginou uma cultura organizada por um Freud siciliano? Isto, sim, seria uma revolução. O abridor de latas sempre esteve nas mãos da Mulher! É uma evidência que não se vê porque no mundo só existe meia dúzia de cabeças pensantes e essas pensam torto por vaidade e concupiscência. Freud poderia ter visto tudo isso na Mãe Judia. Não viu porque era um judeuzinho complexado que sonhava ser melhor que os outros pensando em alemão e se imaginando um ocidental (e ele nunca percebeu que o alemão é apenas um borderline, a dobradiça entre Este mundo e Aquele mundo). Mas, com Mãe Judia e tudo, como pode um judeu entender a história grega, que os ingênuos chamam de mito? Um judeu só pode repetir a história grega em tragédia e farsa, nada mais. Sonharam Zeus, pândego fornicador, e talharam Moisés, juiz de paz interiorano. Imaginam um deus todo de doces vogais e produzem um Ieouá punidor implacável. Um italiano entende a fantasia grega. Freud pôs de lado sua parte húngara-bárbara, que poderia ter dado alguma leitura interessante se misturada direitinho com sua judeíce, e, bom branco que era, escolheu a seção austríaca: leu tudo errado. O Édipo dele não é uma explicação, é um pretexto. Um italiano *poderia* entender as mentiras gregas se não fosse, ele também, um subdesenvolvido (à nossa diferença, bem alimentado e bon vivant — por que essa expressão em francês se um francês raramente é um bon vivant?). Édipo, Ah Carlos, você já viu? Lá vem Carlos, Ah, envolto em Arcos & Flechas pontudas, rombudas, afiadíssimas, compridas, penetrantes, vulto sedutor. As mulheres adoram seus arcos & flechas, não é mesmo, Ah? Carlos? Desmaiam de tesão endêmico. E depois você vem de inocente. Pas pra cima de moi, irmão.

Eu me divirto. Sinceramente, eu me divirto com tudo isso, você embaralhado na rede de merlússias e amigas e ex-maridos. E provavelmente, me desculpe a baixaria, nem nunca comeu ela, que eu te conheço (isso é verdade, se quiser deponho a seu favor). Passei meus momentos, não nego. Agora, assisto de camarote, do alto de minhas Vinte e Oito cidades vermelhas de onde atiro minhas flechas incendiárias sobre o primeiro paspalho que se aproximar. Não se preocupe, você é boa gente. Tanto quanto eu, quanto qualquer outro — quanto qualquer outro, não, que isto aqui é um lodaçal de vermes pululantes. Ululantes. Já viu vermes ululantes? Eu já. Minha biblioteca está cheia deles. (Já vi dois, em todo caso. Gordos.) O país também. Você, é boa gente. Mas você não me engana! Por que não senta com ela e resolve tudo isso, vocês que são brancos? O que penso dela é o que penso dela. Acho tolice desprezar minha advertência e meu conhecimento na matéria, mas eu sou eu e você é você. Se você não consegue achar o que dizer para ela, no fundo você bem sabe por quê. É porque seu prontuário não é exatamente imaculado. Chariots of Humanity Divine Incomprehensible!

Vou-me embora pra Milão, e nem deixo aqui meu coração. Minha proposta anterior está em pé: quer que eu faça alguma coisa? Devo fazer alguma coisa? Posso fazer alguma coisa?

de seu sólido atracadouro português,

Brentano

Anna Paula Querida,

Você não imagina como sua última carta me fez bem, as duas. Eu que pensava que talvez nem resposta viesse. A raiva da primeira, a ternura da segunda: isso é Anna Paula. Saber que você ainda me ama. Ler o nome de Alberto, Antônio, Cecília, Emílio, todos. Fala mais deles. Cecília, que anda fazendo, com que idade estará? Eu a vejo já grande, forte, de minissaia, voltando tarde à noite e levando uma bronca afetuosa do pai. Não vejo a hora de estar em São Paulo reunida com vocês. Imagino a chegada ao aeroporto, vocês todos esperando, sorrindo, até com flores. Ah! como foi bom ler tua carta.

Você tem toda a razão, seus conselhos são sempre razoáveis e vou aproveitá-los. Devo voltar, vou voltar. Essa doença de pele — não é bem de pele, é a circulação periférica — não é nada grave e não me impede de viajar, não preciso de ambulância aguardando na escada do avião. Mas têm aparecido umas coisas novas, desagradáveis, nada assustador. Sem ferimento, sem nada, como que poreja um pouco de sangue. Como um orvalho vermelhinho na superfície da pele. Aconteceu uma vez só, nem fui ao médico.

Em verdade, não posso voltar já. Não por motivos de saúde. É que estou em cima de um negócio muito importante mesmo. Com Jean Nouvel. O arquiteto mais célebre da

França. Falaram dele na última Bienal de São Paulo. Fez um prédio em Paris, o Instituto do Mundo Árabe. Tão extraordinário que se tornou um dos monumentos da atual arquitetura ocidental. Me escolheram para fotografar o Instituto (como vê, continuo sendo fotógrafa). Já fiz as fotografias, mas você sabe como são essas coisas, demoram, laboratório, fotolitos. Sou perfeccionista. Quero o melhor. Na Europa, se não for assim, não vence. Então só vou voltar depois de acabar, de ver as fotos preto-e-branco no papel couché. Fotografei em preto e branco, isso criou um probleminha, mas achei que era isso mesmo, o prédio é só metal, aço e vidro. Cor ia transformá-lo num carnaval, perder a classe. Acabado isto, nada mais me segura em Paris, minha irmã.

Que bom você aceitar hospedar o Rubinho. Estará em boas mãos. Já falei com ele por telefone (não quero nem saber da conta), escrevi também. Mas o bandido não diz nem sim nem não, faz chantagem com a mãe. Nem falou desse curso de computação, foi bom você me avisar. Ele só disse isto, ou já escolheu um rumo na computação? Ele poderia se formar no Brasil e depois cursar no exterior. Quem não se especializar nos States, na França ou na Alemanha, em computação, não é nada.

Queria que você visse minhas fotos. Talvez não sejam tão expressivas, pelo menos para quem não conhece o prédio. Ele tem duas fachadas. A que dá para o Sena está envidraçada e recebe a luz refletida pelo rio. A outra é uma renda metálica, são muxarabieh. A fachada está composta por uma grande quantidade deles. São móveis. Estão ligados a termostatos que fazem com que se fechem quando tem muita luz e calor, e se abram quando o céu está nublado ou quando cai a noite. É uma fachada que se mexe, como se fosse viva. Um ser orgânico. A luz que vaza dentro do prédio pelos muxarabieh projeta sobre o chão desenhos geométricos, imagine um caleidoscópio gigante, você está dentro. Os desenhos também se animam. Uma renda viva. A coisa mais bonita, quando tem bastante sol e os muxarabieh estão bem fechados, é abrir um livro escrito em árabe, com aquela caligrafia, todos esses sinais retorcidos, e deixar que se projetem sobre as páginas os desenhos geométricos. Fica como duas rendas superpostas. Bati três fotos assim. Tem uma outra luz no prédio que é como se não viesse de fora. Um pequeno pátio interno, de mármore branco, reflete uma luz, digamos, leitosa. Mais espessa, mais lenta, mais dengosa que a vibratilidade luminosa que vem do rio, ou o sol direto que atravessa os muxarabieh. Paris é freqüentemente nublada, cinzenta, e o prédio só existe mesmo quando tem sol.

Anna Paula, a carta ficou longa. Te mando um beijão, a você, Emílio, Alberto, Antônio e à minha sobrinha querida Cecília. Me sinto bem porque sei que vou reencontrar todos vocês em breve.

Grosse bise (escuse o pecadilho)

Lu

Prezado Marcelo,

Você só poderá estranhar uma carta vindo de mim. Nunca nos demos realmente bem para falar a verdade (nem realmente mal). Há anos que não conversamos, bem antes do divórcio, acho que desde a primeira separação. Nestas condições, você imagina que só lhe escrevo porque tenho motivo forte. E você imagina qual seja: Melússia, evidentemente. Ela se encontra numa situação difícil e precisa de ajuda afetiva. Você vai objetar o divórcio, mas penso que você ainda é uma pessoa em quem Lu confia e talvez leve em consideração seus conselhos. Afinal o divórcio foi amigável. Lu *deve* voltar a São Paulo. Está há não sei quanto tempo em Paris. Não vejo mal nisso, para quem gosta e para quem pode. Ela me mandou uma primeira carta em que fala de uma doença de pele. Aconselhei que voltasse, estamos prontos a acolhê-la. Não é bom uma pessoa doente ficar sozinha numa cidade estrangeira. Esperava que ela aceitaria meus conselhos. Na carta seguinte, diz que não pode voltar agora por causa de um trabalho de fotografia. Aí fiquei ainda mais inquieta, acho que está doente, mas está também perturbada mentalmente. Ela fala de um prédio que se mexe como se fosse vivo, enfim, o prédio não, a fachada é que se mexe. Isso, Marcelo, é uma alucinação. Falei com uma amiga, ela diz que pode não ser alucinação, porque, quando tem sol, as sombras sobre a fachada se deslocam e podem dar a impressão de um movimento, principalmente se houver muita decoração, como estátuas. Só desejo que esteja certa, ela é engenheira, uma pessoa equilibrada. Mas isto não será um motivo suficiente para ficar numa cidade estrangeira quando se está doente. Ela pode voltar a S. Paulo, se curar, e o prédio vai ficar.

Mas tem outra coisa, Marcelo. Ela está metida com árabes. Esse prédio é dos árabes. Quando se acompanha o noticiário de televisão, a gente sabe que os árabes são terroristas, é só ver o que acontece na Palestina, na Líbia. E agora, você soube, o atentado na Argentina, até na Argentina, que fica tão perto da gente e tão longe dos seus países, quanta gente inocente não morreu! Só com uma bomba fizeram mais estragos que o incêndio no centro de Lisboa, você lembra? Eu sinto que Lu está em perigo. Não deve continuar a freqüentar árabes, pode lhe acontecer alguma coisa, ainda mais uma mulher sozinha. Você deveria lhe escrever, dizendo para voltar, com insistência. Pelo menos por um tempinho, só para ficar melhor da saúde, descansar. Depois volta a Paris, se quiser.

Me desculpe tomar seu tempo, mas há outro assunto urgente: seu filho. O nosso Rubinho continua no Rio de Janeiro com minha tia. Sem estudar, sem nada. Disse para ele vir a S. Paulo, ficar em casa até a mãe chegar. Rubinho falou que estava pensando nisso, o que é bom, mas iria morar com um amigo dele, Antônio Carlos. Você já ouviu falar? Na idade dele, isso não tem cabimento. É bom para ele o apoio e o afeto da família, e aqui ou na Lu poderá receber seus amigos à vontade. E como vai ser? Vai viver às custas do amigo? Não sei como estão suas relações com Rubinho, é um assunto sobre o qual prefiro não conversar com ele. Talvez você pudesse falar com ele, é só uma sugestão. Ou então, aconselhar Lu a falar energicamente com o filho dela. Caso contrário, não sei que futuro terá esse menino, ele no Rio, a mãe em Paris, o pai em Porto Alegre e o resto da família em S. Paulo. Pense bem, como vai ser, assim, tudo desgarrado?

Marcelo, estou segura de que, diante da gravidade dos problemas da família, você não vai considerar minha carta uma intromissão indevida na sua vida privada. Só falo de pessoas a quem todos nós queremos bem. Cumprimento você afetuosamente, certa de que não vai desconsiderar esta carta.

Anna Paula

Cara Senhora Anna Paula,

Serei grosseiro se lhe disser: Lu, deixa viver.

É a segunda carta que recebo para botar Lu nos eixos. Parece que São Paulo inteira resolveu pôr ordem na vida dela. A primeira foi de Antônio Carlos. Sim, o conheço, ele não é amigo de Rubinho, mas de Lu.

Prédios que se movem, nenhuma novidade. Recentemente projetaram em Porto Alegre um desenho animado em que o MASP e até o obelisco de vosso Ibirapuera se mexiam.

Anna Paula, tudo o que você diz não tem o menor sentido. É só uma continuação da campanha que você orquestrou no início para impedir o casamento, mais tarde para impedir o divórcio. Casamos e divorciamos. Você tem a sua vida, deixe Lu ter a dela. Imagine se eu escrevesse a Lu dizendo: a vida da Anna Paula é muito babaca, tem que convencê-la a deixar o marido e os filhos e se soltar pelo mundo. Nada disso tem sentido.

Rubinho não tem mais 15 anos, nem mesmo 18. Ele sabe o que faz.

Pode me escrever à vontade, desde que pare com essa babaquice de escoteiro católico que remexe o focinho no lixo. Estou ouvindo os grunhidos daqui.

Anna Paula, desejo-lhe muita saúde e uma longa vida.

Marcelo

Minha cara Melússia,

Como você está vendo, continuo a chamá-la de Melússia, não me acostumo com os apelidos.

Estou lhe escrevendo este bilhete para que você saiba que Anna Paula não passa bem. É uma mulher em plena força da idade, de uma saúde inquebrantável. Em vinte anos pode ser que não tenha faltado no serviço um único dia. E se faltou não terá sido por causa dela, mas quem sabe devido a alguma doença de um filho. Pois bem, Anna Paula, hoje, está acamada, faltou no serviço ontem e hoje.

Como tudo começou? Com uma carta escrita por você que a deixou anormalmente inquieta. Sabe o quanto Anna Paula gosta de você, apesar do pouco-caso que você faz do seu afeto. Uma carta seguinte agravou essa inquietação. Só a chegada dessas cartas aqui na nossa casa é de estranhar, os brasileiros não têm o hábito de escrever, a não ser, claro, para desejar feliz Natal e quando é o aniversário. Finalmente, ela recebeu de Marcelo uma carta tão desaforada, malcriada, cruel, que foi a gota d'água.

Você, Marcelo, seus amigos, têm a sua vida, nós temos a nossa, que é diferente. Não quero discutir quem tem razão, não vem ao caso. Simplesmente, Melússia, deixe Anna Paula em paz. Não a perturbe mais do que já fez. Respeite a sua irmã. Por enquanto não escreva mais. *Me vejo na obri-*

gação, como marido e como pai, de lhe fazer esta solicitação. Se for indispensável você entrar em contato conosco, *escreva para meu escritório* (vai o endereço anexo). Você compreenderá que só tomo uma tal medida por absoluta necessidade.

Atenciosamente

Emílio

Tico querido,

Eu disse *reatar*, mas você nem ata nem desata. Como fica? Foi só fogo de palha?

Enquanto isso, veja este xerox, mais uma peça pra sua coleção. Recebi a carta original de alguém cujo nome não vem ao caso agora, mas que você deve saber muito bem quem seja.

"A opinião que esse seu amigo tem dos economistas é típica de uma cabeça dos anos 60, de um paquiderme intelectual ressentido e com muita chance de ser no fundo um invejoso. Está completamente fora de seu tempo, é um alucinado. São pessoas como essa, Ricardo, que você deveria evitar. Você tem suas esquisitices, eu sei, mas conheço sua estirpe. Você sabe muito bem onde estão as coisas boas e certas deste mundo, não se deixe contaminar. Aliás, eu sei que você não deixará.

A quem ou ao que uma pessoa como essa atribui as mudanças que estão ocorrendo no país? Ao governo? Não é não. Deve estar esperando que o país volte a ser governado por políticos como os dos anos 50, um Juscelino ou um Brizola. Imbecilidade. Nada aqui voltará a ser como era. O mundo inteiro está mudando e o Brasil felizmente está mudando junto. Felizmente. Eu fico até surpreso, podia apostar que o Brasil ia perder mais este bonde, mas não está perdendo, Ricardo, e você sabe muito bem disso. Não cabe tanto pessimismo como o dessa gente, da qual essa carta é bem típica. Nós estamos a caminho da integração com o mundo, o mundo lá fora, o único que realmente conta. O que uma pessoa como essa quer, afinal? Os nossos presidentes dos últimos anos foram todos uns pobres coitados, uns provincianos ressentidos ou uns espertalhões enrustidos apoiados por políticos corruptos. Levaram o país para a beira do abismo. Alguns sabiam disso muito bem, outros estavam imbuídos de boas intenções. Todos esses planos ridículos que jogaram em cima de nós não foram obra de técnicos, mas foram feitos por uma decisão política dessa gente do século passado. Não é nem do século passado, que aqueles eram melhores. Era tudo gente do Brasil-colônia ainda.

O processo que estamos vivendo é felizmente algo maior que as decisões desse pessoal. Abrir os portos não foi uma medida resolvida pelo Collor, foi uma providência que veio à tona motivada pelas forças vivas da nação que conseguiram encontrar um meio de se fazerem ouvir ainda que de um modo confuso. É fantástico o que está acontecendo, Ricardo. É nossa única saída e é nossa grande saída. Vamos finalmente pôr os pés no chão, mas quando fizermos isso vamos estar solidamente implantados para enfrentar o Mundo organizado lá de fora. Estamos chegando a nossa maturidade como país e isso é o mais empolgante. As pessoas não estão ainda se dando conta de como tudo isto que estamos atravessando nestes dias difíceis é fantasticamente bom. Nós vamos finalmente sair da capa protetora do Estado-pai e vamos enfrentar a vida lá fora. Vai ser difícil no começo, vamos querer chorar e gritar "papai, mamãe", como no fundo está fazendo esse seu amigo, mas vamos tomar nossa vida em nossas mãos. E essa vida é maravilhosa, esse Mundo lá de fora é maravilhoso. O Primeiro Mundo, Ricardo, está finalmente quase a nosso alcance. Chega desses pessimistas patogênicos. Nunca me senti tão bem sendo o que sou, apostando na minha iniciativa. Vou abrir mais uma loja, você estará aqui do meu lado. Não falo só da boca pra fora, o que eu falo eu faço. Não preciso fazer promessas, meus planos são meus atos. Estou me firmando de uma maneira que eu não poderia imaginar e sei que se os outros fizerem e pensarem como eu, saímos desse buraco fácil fácil. Essa parada eu já venci. E a próxima também me será favorável, tenho certeza. Vou tornar logo pública minha decisão de me candidatar a federal, você está sabendo disso. Agora é só uma questão de acertar o partido. Sei que vou ganhar porque as pessoas querem outras pessoas como eu, confiantes e entusiastas. E quando eu estiver lá vou querer pessoas como você a meu lado, Ricardo. Você está hesitando, mas eu sei que isso é jogo de cena seu. Você sabe que tenho razão e estou do lado certo. Não vou propor para você uma vida de sacrifícios, longe disso. Já se acabaram os tempos dos idealistas choraminguentos com suas gravatas tortas e suas camisas de colarinhos virados. Vou querer ver todo mundo de gravata Hermès. Você não vai ficar pobre na minha assessoria, isso eu garanto. Sua vida em Brasília vai ser outra, você vai ver as coisas pelo outro lado do binóculo. E vamos fazer muita coisa boa para o país. Para o país e para cada um de nós.

Ler essa carta desse seu amigo me fez muito bem, Ricardo, porque me confirmou na minha análise do momento e do desejo das pessoas. Eu estou no caminho certo e você também logo estará.

Quando recebi esse xerox pensei comigo: esse Ricardo está querendo me provocar. Mas depois imaginei seu sorriso irônico. Ela vai para meu arquivo e vai me inspirar em minha campanha. Será fantástico."

Sugestivo, não? Aposto que cai bem a teu gosto. É dessas coisas que você quer conversar, não é?

Te espero,

teu Magro

Antônio Carlos, meu caro amigo distante,

Bom, então tudo de minha última carta o desgostou. Talvez eu devesse dizer: então você não concorda com nada do que lhe escrevi, sobre Melússia, sobre você, sobre tudo isso. Sou eu agora que lhe devo dizer que há uma total falta de base no que você alega. Você está permitindo que sua mente descarrilhe — só não sei se pelo desejo vão de me contradizer ou se porque você já desistiu de sentar nos controles. Vir me dizer que no fundo eu sou igual a você, que até escrevo como você (insinuar que até me esforço por escrever como você), e querer usar isso para invalidar o que lhe disse é uma infantilidade. Mesmo sendo verdadeiro o que você alega, não sei em que isso descaracterizaria o que você chama pomposamente de minha "análise". Eu poderia com facilidade dizer que sua linguagem, que seu tom é artificial e forçado (forçado sobretudo na jovialidade que você quer demonstrar e que você não tem ao vivo, depressivo como você sempre foi). Inversamente, jamais poderá alguém dizer que eu escrevo de modo diferente do que falo. E estou perfeitamente à vontade escrevendo como escrevo. Não é essa a questão importante. O que o incomodou mesmo foi eu ter, no fundo, exortado vocês todos a parar com esse mar de fofocas em que vocês estão se afogando. Vocês estão chafurdando no mesmíssimo lodaçal em que se refocila o país. É resultado sem dúvida de lerem tanto jornal. Desisti de ler jornal há muito tempo. Jornal impregna. O de vocês, então... Passamos da vida épica que tivemos nos anos 50 (que eu chamaria de épico-positiva e que vivemos, eu, você, nossa geração, apenas de modo indireto, via nossos pais, e pela memória artificial) e da vida épica que tivemos nos 60 (a épico-negativa e que, esta sim, nos apanhou em cheio) para essa coisa melancólica que aparece em sua carta, esse mundinho minúsculo cheio de amor-próprio, romanesco, de um romanesco diminuto, a que vocês estão se agarrando. Que decadência! É a isso que está reduzida uma cabeça como a sua? Não é nem mesmo um romanesco grandioso: o Mal, o Mundo, a Eternidade. É apenas o Eu, o Eu e o Ele, o eu minúsculo e a ela minúscula. Carlos Antônio, você, a locomotiva teórica! Que quer que eu diga? Que quer que eu faça? Não venha me dizer que o mundo é assim mesmo, que o mundo está assim agora. O que você vai fazer com esse mundo? Exilados políticos viraram banqueiros, porras-loucas universitários se transformaram em assassinos de operários, economistas revolucionários em empresários bem-sucedidos: em São Paulo só se fala de dinheiro e mais dinheiro, em dólar e em rolex, em 200 dólares a trepada com uma gostosona classe-média que desistiu de dar por amor à arte pra se capitalizar pensando na Flórida ou em mil dólares o metro quadrado não sei do que, em carro importado e estação de ski. No meio disso tudo você perde o pé e fica se preocupando com medusas... Francamente...

Mas o ponto central de sua carta furibunda é na verdade você mesmo, não é? Você não aceita os Arcos & Flechas com que o envolvi. Protestar sua inocência não vai lhe servir muito. Você não tem de me convencer de coisa alguma, isso devia ser claríssimo. Não sou seu amante, nem sua amante, nada, sou — você sabe muito bem quem sou, o que sou para você. Esse é um problema seu, discuta isso entre você e você mesmo e trate de chegar a um entendimento cordial que lhe permita viver em paz. Não fico pensando em seu caso nos intervalos de suas cartas e de minhas respostas. Mas confesso que em algum momento, revendo tudo que sei de você, tudo que vi de suas reações quando estava aí, pensei que você fosse o tipo do homem assassinado, o homem que foi passado pra trás algum dia e que por isso se torna sedutor como um escudo. Mas creio que não é apenas isso: sua sedução é escudo e lança, é forma de vingança. Sua consciência se efemina. Por isso você tenta defender Melússia. É curioso, ou gozado: a causa do atrito entre vocês deve ser que no fundo você e Melússia são iguais, *exatamente* iguais.

Aquilo de que você me acusa, no fundo, é de ser seu duplo, não é? Muito bem, então sou seu duplo. Você, sim, quis ser como eu, levar a vida que eu levava, ter minhas mulheres, por exemplo. Nossa amizade, vejo agora, era baseada muito nisso: eu complementava sua vida. E daí? Que há de errado nisso? Muita coisa sua eu também invejava, reconheço: sua ironia, seu cinismo. É por saber disso que você me escreveu. Você sabe disso. Então, paciência.

Até a volta. Verei o que posso fazer.

de dentro da Ópera de Arame, deslumbrante,

Brentano,

no sul

Meu bem,

Quando voltar ao Brasil, nos divertiremos à beça. Prometo te contar tintim por tintim a paranóia que ensandece teus amiguinhos paulistas, bem como a senhora tua irmã.

O que andarás fazendo para agitar assim as mentes ordeiras e serenas dos paulistanos? Já sei, pintou o Arco do Triunfo de cor de rosa e Mitterrand está te perseguindo, a primeira-ministra está cai não cai. Aqui é diferente, o presidente pode pintar o sete e os ministros serem inquiridos pela polícia federal, que tudo continua na santa paz. Deves estar aprontando, nem Greta Garbo conseguiria tal revoada de cartas.

Eu estou me divertindo às pampas. Teu Antônio Carlos (não sabia que continuáveis amiguinhos) escreveu, bem, nem lembro, extraviei o precioso documento, algo gênero SOS-LU. Quanto a Anna Paula, escolheu dois coelhos para sua cajadada: tu e Rubinho, outro que também estaria fazendo das suas. O problema principal parece ser que andas vendo prédios que se mexem. Isso, tenho que reconhecer, é grave, pois, além de significar profunda disfunção motora (dos prédios), é uma agressão ao dicionário, que os classifica como "imóveis". E também à imprensa, que aos sábados e domingos publica cadernos de "imóveis", para as pessoas instalarem sua segurança. Se tudo isso começar a se mexer, onde iremos parar? Será um deus-nos-acuda.

Como se não bastasse, fiquei sabendo que andas metida com árabes. Que mais?

Voltando ao Brasil, dá um pulo em Porto Alegre, é ainda uma cidade agradável, muito mais árvores que em São Paulo, assim nos encontraremos. Todas essas cartas maluquinhas me levaram a pensar: essa mulher continua fantástica e me deu uma puta saudade de você. Já casamos e descasamos, não sabemos o que o futuro nos reserva, ou melhor, é ele que não sabe o que nós lhe reservamos. Já que todo mundo anda escrevendo, até eu virei missivista, manda uma para mim. Assim completa o círculo. Pronto, te dei a deixa.

Tenho uma vida pacata, dou aulas de literatura a estudantes que não se interessam por literatura. Se se interessassem por vídeo games, ficaria feliz. Mas nos damos bem, eles me acham divertido, tanto quanto Sílvio Santos. Me deixa bastante tempo para escrever. À noite ou nos fins de semana, visito Mário e Mílton no seu ateliê. A pintura de Mário evolui curiosamente, quadros metafísicos através de transparências, só vendo, não dá para contar. Bebemos cerveja (Mílton continua abstêmio) e até jogamos baralho. Atividade de intelectuais.

Vejo Brentano também de vez em quando, cada vez menos. Seu empolamento cansa a minha beleza. Outro dia o encontrei na rua. Anda se correspondendo com Antônio Carlos. E se preocupa com as preocupações de AC a teu respeito. AC perdeu toda noção do país, da sociedade, chafurda em problemas minúsculos, pessoais, íntimos, sem relevância. Não são nem problemas pessoais que tivessem uma grandeza trágica, mas um lixinho desprezível. A velha história do umbigo-centro-do-mundo. Sinal dos tempos, a decadência da sociedade brasileira que perdeu seus valores e caminha acelerado para um estado de anomia. Se Brentano fosse jovem, teria a cara de um petista xiita. Como não é, ele simplesmente revestiu de linho inglês idéias e comportamentos requentados dos anos 50 e 60. Brentano anda numa estica, só vendo, são os anos 90 + a maturidade + o sucesso social. Mais um para entrar no rol dos lunáticos. AC e ele formam um lindo par, completam-se. Caso precisem de um padrinho, sou candidato. Não sei se Brentano comunicou a AC as reflexões que este lhe inspira, imagino que não. AC atacaria de retorno da subjetividade nos anos 80 após a onda do estruturalismo, e tentaria convencer o interlocutor de que o essencial é o mundo vivido por cada subjetividade, as particularidades individuais. Estou fazendo uma confusão. Esqueci o nome do amigo que encontrei na rua, acho que é Breno.

Fora isso, algum problema? Talvez seja mesmo o caso de dar uma prensa no Rubinho, isso ajuda a formar a juventude. Mil beijos e até um dia

Marcelo

Magro,

O Magro de sempre com sua ironia jovial, sua jovialidade irônica. Impossível tocar em você, não? "No passarás", é o que você continua dizendo: "Você pode chegar até a fronteira de minha fala, de minha língua [agora, "de minha carta"] mas não dê um passo a mais: te retalho ou bato em retirada". É o que você diz por baixo das palavras de tua primeira carta, a pessoal, não a política. Eu a releio agora, depois de ficar um tempo soterrado sob coisas mil. Vou passar a vida sem saber quem é o Magro que está por trás do Magro. Magro, você continua falando como se fosse personagem de si mesmo: nada mudou neste tempo todo. Você está sentado por trás de você mesmo e controla a casca que é você mesmo. Há anos assim. De onde você tira as forças para manter essa máscara? A ironia, a gozação, a fanfarronice — fanfarronice! Os últimos fanfarrões que encontrei na vida, não encontrei *na vida*: encontrei num livro: eram três, e nem três eram porque eram quatro, os mosqueteiros. Eles e você. Você, eu e quem era o terceiro, e o quarto? Fanfarronice simpática, amável, amistosa: reconheço, concedo sem esforço, com prazer. Mas você não se expõe um milímetro por trás de sua ironia amigável. Eu gostaria de tocar em você. Te chamo de querido, o que me custou um esforço considerável, ou deve ter custado senão teria te chamado assim antes, e você me responde por trás de suas pedras risonhas de sempre. E beh!

Seus ex-! Mesmo quando você se abre, você se fecha. Bom, muito bem: então Alice já é ex-, ela também. Muito prazer, dona Ex-. Duplamente ex-: como gênero e como singular. Surpreso, não vou te dizer que estou. Inteiramente. Mas não deixa de ser novidade. Parcialmente. Nunca me preocupei com isso, nunca reparei em "sinais reveladores". As pessoas vinham e comentavam, claro: entrava por um ouvido e saía por outro. Que me interessam suas preferências? Deveriam interessar, provavelmente. Deveriam interessar. Mas... Muito bem, e seus ex-? Sempre foram opções simultâneas, seus ex- e suas ex-? Ou excludentes? Uma curiosidade minha: alguma relação necessária entre a prática da economia e a escolha do gênero dos futuros ex-, tamanha a incidência desse fenômeno nesse domínio do não-saber? Alguma relação entre a economia e o sexo? Bataille gostava de escrever muito sobre a economia e o sexo. Me lembro de uma polêmica entre ele e um francês obscuro (pelo menos, obscuro para mim) sobre o Plano Marshall e a Europa. Por que o fascínio pela economia por parte de quem escreveu essas páginas úmidas de sexo? Que assombro exerce o dinheiro sobre o olho (devo perguntar: sobre o olho do cu?). Existe alguma relação entre a ordem que Keynes dava: Gaste! Gaste! e a gastança desabusada que Bataille pregava? Não sei se ele mesmo gastava; você, parece que sim. Eu nunca me gastei tanto assim: o que eu sou, um conservador pré-keynesiano, daqueles que baixavam as "poor laws", abriam as "work houses" e mandavam todo mundo Trabalhar! Trabalhar! Poupar! Poupar! E você, o que é agora, um liberal? O que a parte maldita tem a ver com a economia geral? Você acha mesmo que eu deveria ler *O Capital* como o gozoso Kama-Sutra imbatível do Ocidente enfim liberado? Nunca poderei esquecer (nunca vou querer esquecer?) uma foto antiga que vi da China, não sei de quando, fim do século passado, começo deste século. A foto não tinha data e eu não me preocupei com procurá-la no texto. Talvez tenha ficado chocado demais para procurá-la. Ou atraído demais. A foto era antiga porque todos os chineses da foto tinham na cabeça aquele chapéuzinho redondo que o Charlie Chan usava, você sabe qual é. China pré-Mao e Chang Kai-check, sem dúvida, pré-rebelião dos cem dias. A foto de um suplício chinês. Um monte de chineses, uma massa compacta está cercando uma pessoa despida, erguida no ar por dois deles apenas, tão magra era. Essa pessoa ainda estava viva. Ela olhava para o alto e os olhos, muito visíveis na foto (e os olhos talvez me impressionaram mais que tudo), miravam ainda mais para cima. Talvez pela imprecisão da foto (muito clara quanto aos olhos, mas vaga quanto aos lábios e o queixo, vistos de baixo pela câmera), o rosto parecia sereno, quase de enlevação. Essa pessoa estava nua e sangue escorria do peito. As pernas abertas deixavam suspeitar que fosse uma mulher: nada havia entre as pernas. O que me deu a certeza de que fosse uma mulher foram os buracos sangrentos, redondos, no lugar do que deveriam ter sido os seios, dois buracos retalhados, cortados em vários lugares mas bastante redondos, de onde pendia pele e vazava sangue pelo tronco, sobre a barriga, pela virilha. Em uma das pernas, não me lembro se a esquerda ou a direita, vi outra ferida imensa, a cor escura só podia ser sangue. Um chinês parecia encostar um instrumento na coxa, não dava para ver se tesoura ou faca. Tinha raspado a coxa da mulher? Tinha enrolado a pele? Não sei. Me lembro que a legenda, talvez de um antropólogo, falava do supliciado chinês cuja pele arrancada deixava ver aquilo que habitualmente ela oculta. Aquele rosto quase sereno da supliciada queria dizer que ela estava feliz por ter enfim se revelado? Não sei mais nada. Tem algo a ver com o hábito do capitalismo de nos tirar a pele? (E o que fez aquele fotógrafo tirando aquela foto? Era um chinês, ele também? Outro supliciante? Fez um capítulo da história do olho? É isso a história do olho? E o supliciado, vê o quê?) Têm algo a ver, esses dois hábitos?

Hum.

Ham.

Não me ficou um gosto bom na boca, do que eu escrevi. Mas por que riscar tudo, agora? Me fale sobre economia e sexo, Magro querido. Deve haver aí uma metáfora poderosa sobre o país, mais do que sobre você e eu, que me escapa um pouco. A metáfora dos ex-, provavelmente.

Você não deu bola pra minha queixa sobre a psicanalista falida (ou será ela, justamente, muito bem-sucedida?). Está certo, nem eu mesmo dei, não pensava em fazer nada de concreto: o que há de concreto para fazer, nesses casos? Queria apenas contar para alguém meu desânimo e minha impotência num caso assim. Que é que me falta? Capital?

Da terra do dinheiro (em termos deste país, claro),

seu
Tico desmontado

Meu caro Tico,

Em bom português, você não entendeu patavina da carta que te mandei. O assunto principal te escapou por completo. Em outras palavras: o assunto principal não te escapou nem um pouco, você o varreu para baixo do tapete, e com elegância.

"Jogo infantil em que uma criança deve sair à procura das demais, que se esconderam", assim o dicionário define esconde-esconde. Já cabra-cega: "brincadeira em que uma criança, vendada, tenta agarrar outra, para ser por esta substituída". Qual é a nossa brincadeira? Pode escolher. A brincadeira começa na exata hora em que você anuncia com estardalhaço o assunto no qual finge que vai entrar. Poderia até ludibriar algum leitor, pois no escudo que ergue está escrito: estou falando do assunto. Mas, para mim, só entraria no assunto se não apelasse para Bataille e falasse de outra coisa qualquer. Por exemplo: daquilo. Dizer o nome daquilo é a maneira eficaz de soterrá-lo.

Se eu citar frases de sua carta, vai me acusar de estar fazendo análise de texto, ou análise tout court, sob a influência de Alice. Mas tem de reconhecer que vir me relatar um sonho com uma pessoa *magra* sem nada entre as pernas é muita bandeira.

Pronto, te sinto exultar, pulando ao som de uma fuga

de Bach: ele mordeu a isca! mordeu! Você colocou *isso* aí de propósito. Puro exibicionismo. O isso exibido esconde o aquilo. Nada mais fácil que se esconder atrás do exibido, a venda da cabra. Esperando ansiosamente pela substituição, porque o jogo é perigoso. Se não se conseguir dar marcha a ré, como é que fica?

Outra frase: devo perguntar "o olho do cu"? Não deve perguntar se deve. Simplesmente pergunte. Ou simplesmente não pergunte, afirme. Lembro de um filme, acho que realizado em São Paulo alguns anos atrás, o título pode ser *Cidade Secreta*, em que uma linda mulher, num ambiente sombrio, gritava "Merda é dinheiro". Nenhuma novidade, a atriz era deliciosa e o filme excelentemente fotografado, só. Imagino sempre os contadores como atingidos por retenção anal. A própria metáfora da retenção, com seus cadernos e suas colunas, suas camisas estreitas fechadas no pulso e no pescoço. Hoje usam planilhas Database, mas o essencial não muda. Tenho a mesma imagem ao ver funcionário ou funcionária do correio preencher um formulário de carta registrada e carimbá-lo. Essas pessoas são o medo personificado. Seu medo estampado me dá medo. Minha reação é batata: fico agressivo. Antes mesmo de um contador abrir a boca, já é meu inimigo.

Bataille não é um contador, prega o esbanjamento, a festa excrementicial. Mas pode ser usado como o caderno ou a planilha do contador. Lá pelos idos de 68, certa vez em Paris, vi uma plaquete publicada por um grupo anarquista, na hora não comprei. Anos depois procurei, nunca mais achei. Deve-se matar a mosca na hora. Intitulava-se *A Economia do Cu*, não era de Bataille.

Esqueçamos esses floreios. Cartas não são margaridas que se vão despetalando, uma por uma. O que você prefere: São Tomé das Letras, Cananéia ou Cabo Frio?

O assunto de minha carta, a anterior, se estou bem lembrado, encontra-se no último parágrafo.

Neste ritmo, Tico, você tem razão, só nos tocaremos por carta. Melhor assim?

Magro remontado

Marcelo,

Sua resposta deveria me tranqüilizar. É, no fundo, o mesmo tipo de carta que eu escrevi para não sei quem mais quando me vieram com essas histórias sobre a Lu. Ou que pensei escrever. A verdade é que as pessoas se sentem muito melhor quando alguém que conhecem começa, segundo elas, a bater pino. "Ele, ela, endoidou mesmo, vêem como está agindo? Eu, não. Eu vejo como eu estou bem, quando penso nele, nela. Ainda bem que eu estou assim como estou. Venci. Venci ele, venci ela. Ele perdeu, ela não conseguiu agüentar até o fim." Eu mesmo escrevi coisa semelhante ao que você me diz. Minha confiança na Lu é quase tão imbatível quanto a sua. Podemos não estar nos entendendo muito bem agora, nem sei, mas confio na força dela.

Mas se sua carta me deixa um pouco mais tranqüilo quanto a Lu, me deixa bem incomodado quanto a todo mundo, quanto a mim mesmo, quanto a você. Você me tira o pêlo por tentar estender uma rede embaixo de Lu. Mas se eu não fizesse isso, talvez você mesmo, alguém mais, eu mesmo, viria me recriminar: Por que você não tomou alguma atitude enquanto era tempo? Por que você se fechou? Por que você fez de conta que não era com você? Se saio correndo ao primeiro toque de telefone, porque geralmente os pedidos de socorro vêm por telefone, não por carta, é porque sou um samaritano apressado. Se me escondo embaixo do sofá quando o telefone toca entre onze da noite e duas da manhã, porque é sempre nesse horário que o telefone toca pedindo socorro — até as onze ninguém sabe que o caso é mais grave do que pensava, e depois das duas ou já conseguiu controlar a crise ou já se jogou pela janela —, é porque sou um egoísta. Não se pode fazer nada por ninguém? Dinheiro não se pode mais emprestar: quanto entra é quanto sai. Afeto também? Nem atenção? Perguntas idiotas que estou fazendo, não? Parecem literatura barata. Não são: barata é nossa vida, agora, nestes dias, nestes tempos.

Então minha carta é tão engraçada assim? Gozado! Nunca teria percebido. Psicanalista amador? Sem dúvida: difícil resistir, não?, depois que os segredos da boa análise foram todos publicados em centenas e centenas de versões. Católico? Acho que sim. E cada vez mais católico, mais do que eu teria imaginado possível. Que força têm as aulas de catecismo, não? Eu, que odiava tudo isso tão fortemente, tão sinceramente... Agora, sou um católico!

Bem, Marcelo meu caro, que posso fazer? E que posso fazer depois — deveria ser "antes" — do que vou te contar? De novo, não tenho a quem recorrer. Lu, claro. Mas não quero fazer as coisas pesarem ainda mais sobre ela, se é que estão pesando. Quanto a você, não sei como você se sente sobre tudo isto — e sua carta não é muito animadora... Mas já que você é pai dele...

Como acho que te disse, o Rubinho está aqui em casa. Não me pergunte por quê. Não saberia te explicar direito. Pensando no que tenho visto e sabido, posso até supor o motivo pelo qual ele preferiu não ficar no apartamento que, se lembro bem, a Lu ainda tem em São Paulo. (Pode ser porque esteja prosaicamente alugado, é possível.) Se o Rubinho fosse apenas um amigo — sempre acho que a gente usa demais essa palavra, em vão, de um modo exibicionista —, eu não estaria escrevendo ao pai dele. (Não, mesmo?) Mas ele é filho da Lu... Quero que você me entenda bem: eu não olho pra essas coisas, eu não reparo em nada, eu não costumo reparar nisso, eu *não* quero reparar em nada. Mas, às vezes...

Desde que o Rubinho chegou aqui ele tem se comportado de modo, vamos dizer, não exatamente normal. Tem vezes que, atendendo telefonema, fala numa voz bem baixa, abafada. Não é imaginação minha. Meu apartamento não é tão grande, mesmo sem querer às vezes é impossível não reparar num tom de voz. Nos últimos dias, ou ele só tem falado ao telefone assim, com todo mundo, ou é sempre a mesma pessoa que lhe telefona e à qual ele responde sempre do mesmo jeito. No começo, eu recebi alguns chamados pra ele. — Você conhece um tal de Brito? — Depois, às vezes, quando eu atendia ninguém falava do outro lado, embora fosse evidente que alguém estava do outro lado. Agora, é o Rubinho que sempre corre pra atender o telefone, rápido. Ele está cada vez mais perturbado com esses telefonemas e com algumas cartas que lhe chegam, que ele lê depressa e não comenta. Devo estar parecendo uma lavadeira, te contando estas coisas com estes detalhes todos. Mas não tenho nada de material para lhe dizer, só indícios exteriores, que você deve somar você mesmo pra ver aonde chegam. Te digo desde logo que pensei em droga, por alguns sinais que me parecem claros. Você tem mais experiência nisso. Os olhos, o nervosismo. Enfim. Mas pode ser outra coisa... não tão grave quanto isso e talvez mais grave. Ele está alterado e não sei bem como me aproximar. Estou tentando, aos poucos. Ele não confia em mim. Melhor: parece ter vergonha. Mas, então, por que me procurou?

Se não fosse pela Lu, eu deixava o barco correr pra ver no que dá. Sendo ele quem está em jogo, e talvez a Lu — você também? ou você não? —, estou ansioso.

Algo que você possa me dizer? Algo que você queira fazer?

Antônio Carlos

Antônio Carlos,

A correspondência se intensifica, acabaremos amigos epistolares.

Bom, já que é assim, tentarei ficar sério e deixar de piadinhas, apesar de convencido de que minhas piadinhas, até mesmo as infames (elas existem), são incomparavelmente mais sérias que minha seriedade. E não é que tua carta deixe de propiciar piadinhas, porque mais uma vez é engraçadíssima. Vamos e convenhamos (oh! desculpe), um missivista obstinado estranhar que Rubinho receba cartas... e ainda por cima não as comente, como se o missivista ferrenho comentasse as suas... Porque, além dos comentários contidos nas cartas, achas que as próprias devem ser objeto de mais comentários...

Assim sendo, mergulho no liquidificador. Mas logo, logo saio.

Antônio Carlos, em que pese a tua, a nossa boa vontade, há em tudo isso um grande engano que torna tudo cômico. Fazer alguma coisa por Lu, por alguém, antes que seja tarde demais, para que não venha, depois do desastre, a lamentação: se tivesse agido mais cedo, não teria acontecido, poderia não ter acontecido! O que poderia não ter acontecido é a sua culpa. Mesmo que dê à culpa o nome de amizade. Na hora em que você pensa em agir para que não aconteça, já aconteceu. E não tem o que fazer, senão segurar a mãozinha, porque você não sabe o que aconteceu, e o que aconteceu é bem mais forte que a ação que quer praticar e não sabe nem um pouco qual é (se soubesse, não escreveria cartas para perguntar o que fazer). Na hora em que você quer fazer, e se pergunta o que, já está enredado pelo sistema que quer interromper ou desmontar para que não aconteça.

E quem é essa Lu, minha ex-esposa, para quem você quer fazer alguma coisa? Tu sabes? Eu não sei. Que problemas ela tem, que te levariam a agir? Tu sabes? Não podes responder. Só sabes quem é Lu para ti, a Lu do teu teatrinho pessoal, do meu teatrinho. Que relação entre essa Lu da tua ficção, e a da minha ficção e uma pessoa chamada Lu ou Melússia, e a ficção Lu ou Melússia da própria Lu ou Melússia? A fronteira é tênue entre essa pessoa e nossas e suas Lus. Elas se fundem, se espelham, se escondem umas nas outras no lusco-fusco, umas pelas outras. Lu é um tecido furta-cor. Como você. Eu também.

Não tenho tampouco a menor idéia de quem seja Brito. Mas a menor, Antônio Carlos. Me confesso vidrado em *film noir*. *Laura*: nunca esqueço esse início, a câmera vai passeando pelo apartamento vazio, mostra o detetive, já é um choque, acompanha o detetive que olha tudo suspeitoso e finalmente descobre o velho Lydecker na sua banheira. Acho que Lydecker está até escrevendo uma carta na sua banheira, o mesmo ator que interpreta o velho amante de Rita Hayworth em *Gilda*, com sua famosa bengala que esconde uma faca. Tudo isso evidentemente num inquietante preto e branco. De Laura, veremos o retrato, ela está morta, Antônio Carlos, e então personagens e nós espectadores desmanchamos a nossa angústia para saber quem é e o que lhe aconteceu — aquilo já aconteceu —, o desastre, e ninguém fez nada em tempo? Laura, que não existe a não ser como feixe de fantasias na cabeça das personagens e na nossa, aparece. É a mesma do retrato etc. e tal...? Antônio Carlos, é dessa forma que me descreves o meu filho na tua casa. Vejo, ao ler tua carta, juro que vejo Rubinho sentado numa poltrona do teu pequeno apartamento penumbroso, curvado numa mesinha sobre a qual um abajur joga uma luz crua. Sua mão cobre o bocal do telefone. Tu, de roupão acetinado, banhado e perfumado, cruza o corredor escuro em direção a teu quarto, e ouves a sua voz abafada. Não distinguindo as palavras, elaboras que o jovem está falando com um sinistro traficante de cocaína ou com um amante dos bas-fonds. Antônio Carlos, como queres que leve a sério o que me dizes sobre Rubinho, com uma descrição dessa! Beira a alucinação. Daqui a pouco, vou escrever a Lu, perguntando o que se pode fazer para ajudar Antônio Carlos antes que aconteça!!!

A única coisa que posso lhe perguntar, antes de mais amplas informações, é se Rubinho não está te dando despesas excessivas. A mesada que remeto pelo banco deve lhe bastar para sobreviver, qualquer coisa, por favor, fala comigo.

Veja só: aguardo uma próxima carta tua e espero poder responder num tom um pouco mais alegre. Inútil pedir a Rubinho que me escreva. Mas eu o acho maravilhoso, e sinceramente te agradeço pelo que estás fazendo. Por ele. E tem mais essa: fazendo, Antônio Carlos, faça por ele, não por ele ser filho de amiga tua. Aliás, algo em tua carta me diz que é exatamente por ele que o hospedas. Obrigado.

Marcelo

Bete,

Você me escrever depois de tantos meses, literalmente do outro lado do mundo, para me criticar! e fazer as vezes de mensageiro, é fantástico!! Fico com a impressão que as pessoas se sentem na obrigação de serem sinceras quando escrevem cartas, e se põem a dizer tudo que lhes passa pela cabeça! Enfim, você diria que isso é melhor que escrever cartas apenas para marcar posições, marcar pontos, garantir o terreno, fazer apenas com que as pessoas não se esqueçam umas às outras. — Se você não disser, eu digo. — Não apenas isso como, não sei por que motivo ao certo, ficam enredadas num jogo entre realidade e irrealidade impossível de se verificar na vida de todos os dias. O que é que gera essa necessidade de construir armações imaginárias, refazer o real? A distância física entre os que se escrevem ou o papel que se coloca entre as pessoas, independentemente da distância entre elas? Ficar querendo me descobrir não sei em que filme daí — não adianta nada citar o título no alfabeto romano — é perda de tempo. Ainda mais que já estou cansado de saber a meu respeito um monte de coisas — por que as pessoas sempre acham que sabem mais sobre a gente do que a gente mesma? —, inclusive essas que você acha que descobriu. Isso que você "descobriu" já foi dito em outras palavras pelo grande filósofo americano pragmatista Minduim e era mais ou menos o seguinte: "O segredo da vida é parecer bem a uma certa distância". Tudo bem, touché: minha política de vida é parecer bem a uma certa distância. Não é nada pouco. Acho que é a obrigação de todo mundo: dar ao outro uma impressão agradável, não impor ao outro um incômodo visual ou moral: "Ai que saco! Que merda! Que bosta! Tá tudo ruim! Estou na fossa, não me agüento em pé, não isso, não aquilo...". Não vejo nada de errado em parecer bem. Isso pode ter um desdobramento lógico negativo: "Quando as pessoas chegam perto, percebem quão mal eu estou". Mas terá também um desdobramento positivo: "Quando chegam perto, as pessoas se dão conta que estou tão bem quanto parecia à distância". Sua observação sobre mim está correta. A análise que você faz dela, não. De todo modo, a distância que você mantém de mim neste momento não te permite concluir nada: aquele provérbio só funciona para a meia distância. Longe como você está, você não está enxergando nada. Nada daqui e nada daí.

Prova disso é essa idéia de voltar. Idéia de jerico. Ou de alucinada. Os "indícios" da recuperação deste país, só você está vendo. De onde está tirando isso, não faço a menor idéia. Os jornais daí só falam do Brasil quando ocorre alguma desgraça maior ou quando o dólar é outra vez desvalorizado, tanto que os ganhos coruscantes têm de ser noticiados para os capitalistas daí — de resto, nada interessados nesta lixeira pós-industrial daqui. *Não posso* entender o que você está me dizendo. Que aí é literalmente o mundo de ponta-cabeça, estou cansado de saber. Que aí eles olham os ocidentais como se estivessem olhando através de um vidro cristalino, absolutamente translúcido, concordo de todo o coração. Isso perturba, eu sei. Eu, gosto de ver e ser visto. É horrível ser invisível. Mas, aí, em todo caso, você está, à esquerda, a onze horas de vôo de San Francisco — não falo de LA, que me parece Ribeirão Preto ampliada no tamanho mas não no ambiente, nem na atmosfera. E, à direita, a outro tanto, nem isso, de Paris. É verdade que o mundo está encolhendo, para você como para mim: não te vejo na Alemanha, acho — depois de tudo que aconteceu —, nem em Londres, menos ainda, digamos, em Madri. Mas, estando aí, você tem o Mundo à esquerda e à direita. Aqui, à esquerda — sempre olho na direção do Pólo Sul, não me pergunte por que mas minha bússola sempre trabalhou assim — a onze horas só tem a África e, à direita, o mar. Tudo bem: a onze horas a noroeste, eu tenho a mesma Paris sua; a oito ao norte, NY. Só tem uma diferença — enorme: a moeda que você usa aí te coloca em Paris ou NY: o dinheiro de banco imobiliário daqui, não. Vamos fazer o seguinte: se você me der um motivo, um único bom motivo para embasar seu neootimismo econômico e político — céus! eu disse: político! devo estar ficando cego, o que não é nada improvável —, não digo mais nada.

Deixei pro fim o que devia ter abordado desde o início. Ou melhor: achei que ia deixar pro fim o que devia ter abordado desde o início mas vai ficar pra outra ocasião. Sim, eu sei por que a Lu está pedindo pra você pedir para mim o novo endereço do Augusto. Mas sorry, Bete, fica para outra vez explicar por que ela não pediu diretamente para mim, se sou tão amigo dela. Não é pudor, é que seria um novelo enorme a desfazer. O que eu não sabia é que vocês duas se conheciam assim. Algum congresso comum, talvez? Vivendo e aprendendo. Ou: o mundo está cada vez menor mesmo. Ou: quanto mais você foge, mais está entre as mesmas pessoas. O que no fundo não é necessariamente um mal — só uma exasperação? Vou mandar o endereço dele diretamente pra Lu. Ele é a pessoa certa pro texto que a Lu está querendo e que eu imagino sobre o que seja.

abraços saudosos, né?

Antônio Carlos

Lu,

Que loucura. Que loucura. Você escrever pra Bete pra lhe pedir algo que poderia pedir a mim. Eu imaginava que a situação entre nós estivesse ruim — e este incidente veio mostrar que está ainda pior. Por outro lado, interpretei esse périplo epistolar fantástico, qualquer coisa perto dos 40 mil km, como um tortuoso sinal de paz que você me manda. Um sinal. Estou enganado, não? Provável. Mas eu precisava de um pretexto pra te escrever. Durante muito tempo procurei por um, inutilmente. Comecei e rasguei um monte de cartas para você: não conseguia tirar da cabeça uma dúzia de palavras que fizessem sentido entre si e se ligassem àquilo que eu queria te dizer, precisava te dizer. Que você não ia me escrever, ficou claro desde logo. Que eu ia passar tanto tempo sem conseguir te escrever, não — me — era tão claro assim. Bom, eu perdi: se o jogo é esse, eu perdi: sou eu quem escreve primeiro. Não posso me resignar a ver tudo que tivemos em comum ir assim pro ralo. Um desperdício que não posso me permitir. Sua lembrança, sua imagem tem me atormentado. Sonho, ou sonhei com você, noite após noite. Se me previssem isso, não acreditaria: parecia coisa de livro barato, de filme B: sonhei noite após noite com você, você rindo, você vindo, você chorando. *Eu*, escrevi *eu*, veja bem, eu chorando por causa de você. Que loucura. Os filmes B são os únicos verdadeiros, afinal? Loucura. E outras loucuras — não, neste caso são insanidades mesmo: a Leila, polvo travestido de samaritana estendendo ventosas úmidas e peludas sobre tudo a sua volta, querendo controlar tudo! Não serve nem pra ponto de teatro.

Lu, fico imaginando o que, pra sua cabeça, eu fiz de errado. Não vou tocar nesse assunto. Porque não posso, porque não quero. Porque não devo. PORQUE NÃO EXISTE NADA que eu possa considerar como minha responsabilidade. Não tenho nada a te recriminar tampouco — salvo, quem sabe, não saber escolher bem algumas amizades que se aproveitaram do que aconteceu — O QUE ACONTECEU, AFINAL? — pra se infiltrarem em nossas vidas e viverem intensamente por alguns momentos, por procuração. Se você soubesse o incômodo que sinto quando os outros se metem nos meus sapatos, dentro de minhas camisas, nas minhas cuecas, quando tentam se meter entre a parte de baixo de meus cabelos e o que suponho ser meu cérebro. Nunca como agora fui capaz de entender quem vê fantasmas e ectoplasmas: quando a Leila me escrevia, eu sentia uma massa incorpórea ao meu lado me pressionando, me prensando contra os móveis e as paredes, me passando um calor incômodo, obsceno, um calor sujo de um corpo sujo de que eu não me aproximaria em momento algum em hipótese alguma e que no entanto eu tinha de suportar porque me era imposto — e eu não tinha como escapar. Incômodo físico. Físico. Como escapar dessa ditadura das impressões? Eu poderia ter rasgado essas cartas sem lê-las — mas elas já tinham chegado até mim, eu já tinha sido obrigado a pegar nelas, a contaminação já tinha ocorrido: eu tinha de pensar nelas e só de vê-las eu sabia que alguém estava pensando pesadamente em mim, estava pensando quentemente em mim e isso, só isso, já era insuportável. Senti também sua presença muda, Lu, e essa você silenciosa não foi, não tem sido nada agradável.

Lu, vou ter de te dizer isto: não sei o que você andou comentando sobre mim, sobre nós, com os outros, não sei nem o que você pensa e andou pensando sobre mim e sobre nós: mas eu sei que você não pode escrever sozinha, nem pensar sozinha, a história da sua paixão, a história de sua vida, nem a história de sua vida toda, nem a história de sua pequena vida aí em Paris. Menos ainda você pode escrever sozinha a história de minha vida, a minha, aqui, nesta terra nesta cidade que cada vez me parece menos real — eu preciso te dizer isto, talvez *você*, não respondendo, entenderá, talvez você, só pensando, receberá: a cada vez que volto a passar por uma rua daqui que já pisei bilhões de vezes ela está mais gasta, mais esgarçada, mais esfumada: essas ruas estão desaparecendo, Lu, esta cidade está desaparecendo para mim, Lu: é isso a morte, talvez? — *você* está desaparecendo. Você não pode escrever sozinha nem a sua, nem a minha vida. Eu não posso escrever sozinho minha vida. É uma pena. É doloroso. Eu não aceito. Mas não posso escrever sozinho. Mas se eu não posso, você também não. Suas amigas, seus amigos ínfimos — menos ainda. No caso deles, não é atrevimento: é insulto. Deles só me chega cinismo, desespero e medo mascarado de ironia e gozação. De você, silêncio. Silêncio caótico. Silêncio móvel. Um silêncio móvel. Silêncio circular por dentro de minha cabeça. Sem ponto final. As duas pontas do silêncio estão coladas uma na outra e ele passa inteiro, sem parar — mas sem limpar minha cabeça.

Vou dormir. Vou pra cama. Primeira noite de outono. Vou sentir as agulhadas do lençol: você já se esqueceu disso aí, nas casas com aquecimento. No fim de tudo, dormir/ nesta aldeola do espaço/ não só do espaço visível, até do espaço total — Álvaro de Campos? Você é que era boa nisso.

toco

Magro meu anjo satânico,

Que loucura. Mas que loucura, deus meu! — Não faço outra coisa ultimamente senão ficar repetindo Que loucura! pra todo lado, pra cima e pra baixo, pra dentro e pra fora! — Quanta loucura, cara! Que sonho? Sonho nada. Queria ter a foto à mão pra te mandar um xerox. Aquela foto ficou impressa na minha memória, não me esquecerei jamais. Ela e as reproduções das telas com Vênus Acorrentadas e outras escravas brancas voluptuosas, carnudas, e São Sebastiões amarrados em colunas e flechados que eu vi, todas, numa idade em que nem imaginava o que era o Romantismo, o Exotismo e em que eu talvez nem desconfiasse que o alvo do sexo precisava ser diferenciado... ou que poderia ser suspeito se não se fizesse essa diferenciação... Numa idade em que eu acho que nem compreendia bem por que aquelas reproduções na Enciclopédia me interessavam tanto. Depois eu revi a foto do chinês, e depois ela sumiu de novo. Mas sonho, não. Ela ficou indo e voltando na minha cabeça, cometa incerto, a cada cinco anos. Passou agora perto de mim e perto de você. Parece que te chamuscou mais que a mim. E era uma *mulher*, sim! Eu já quis uma vez entender o que essa foto tinha a ver com a arte do corpo, de uns dez anos atrás, quinze? vinte? Você se lembra?, aqueles japoneses, outra vez os orientais, que construíam uma cabana precária com toras de madeira e de repente chutavam uma delas e tudo caía em cima deles, quase nus — nus, senão não tinha graça —, diante do público. E aqueles — o quê? ingleses? finlandeses? — que se retalhavam com gilete nas Bienais não sei de onde, nas galerias de Kassel ou de Canal Street. Lembra? Que ligação existe entre o uso jurídico do corpo nos justiçamentos "legais" da Inquisição, nos linchamentos "informais" da multidão, e a arte? O suplício sexual daquela chinesa (eu disse: chinesa) e a arte erudita da estética do corpo não estão de repente próximos demais um do outro? O senso do sagrado na tentativa mística de procurar o que está por baixo da pele não teria contaminado o capitalismo, lançado numa cruzada santa contra os infiéis, nós todos? O economista, pra mim, meu caro, é um artista. Um artista do corpo. Os artistas comuns, esses que usam óleo, vidro, ferro, são uns babacas mistificadores, uns ingênuos indulgentes: tentam gravar sua "arte" em pano, em papel, em madeira, em fibra, quando a única arte que vale a pena é aquela que fica gravada na pele, no corpo. Só o economista pode fazer isso, meu caro. O economista e o marcador de gado. O economista é o grande artista porque é o grande profeta. O profeta artista, o único tipo de artista que merece ser ouvido. Numa terra de padins Ciços e Antônios Conselheiros, o seguinte na lista de sucessão é o economista. Quão lógico. Quão previsível. Por isso pululam tanto os economistas neste país. Este povo, profundamente estético e criativo como sabe qualquer antropólogo, clamava por eles. E eles não se fizeram de rogados: revelaram em nós o que corria sob nossas peles, nos olharam todos em tudo e nos violaram. Que gozo coletivo. Que orgia estética. A filosofia da moeda! A vanguarda economicista, deslumbrando militares, propaga heterodoxias sensuais. Que grande carnaval. Quantos masoquismos excitantes, quantos chicotes e botas de couro em brancas peles femininas neoliberais e marrons torsos másculos pós-conservadores.

Você lê nesses livros sagrados, Magro meu oráculo. Os segredos que você conhece nos fariam a todos morrer de gozo.

São Tomé das Letras, não. Deve ter algo a ver com os baianos e os novos caetanos, não tem? Concordo com você — ou não foi você?: precisamos de uma nova Semana de Arte Moderna, chega de defuntos insepultos devorados pervertidamente em banquetes iluminados partidariamente! Cananéia é a massa, eu detesto a massa. Cabo Frio, pode ser. Ou Búzios — desde que essa encarnação do brasileiro médio motorizado, Ayrton Senna, não esteja por lá.

É pra valer?

escorchado tico

Meu querido,

É, sim.
Ufa!

Magro, que te espera
impaciente
na segunda sexta-feira de maio
em Búzios

Lu meu bem,

Achei que você ia gostar de saber desta novidade, por isso me apressei em te contar, prefiro que você fique sabendo por minha boca: acabou tudo entre eu e o Tico. Foi uma pena, mas é melhor assim. Eu gostava muito dele, e ainda gosto. E tinha um tesão enorme por ele. Ainda morro de tesão só de pensar. Me desculpe, Lu, mas estou sendo sincera. Fui sincera a vida inteira e vou continuar assim. Sinto um puta tesão por ele, não posso explicar por quê. Mas acabou. Um dia ele chegou e me disse que nosso caso estava atrapalhando a vida dele, que ele estava tendo de levar duas vidas e que isso não deixava pra ele o tempo que ele precisava para escrever e tudo. Aí eu perguntei se era melhor que a gente não se visse mais. Ele ficou um pouco encabulado, não disse nada e eu entendi. Tudo bem. A gente parte pra outra. Homem é o que não falta.

Aliás, não falta mesmo. Eu conheci um garotão, dono de uma agência de carros importados, que é um pão, um gato enorme. Alto, moreno, queixo quase quadrado, podre de rico, um charme imenso. Você não pode imaginar como o país mudou tão depressa, Lu meu bem. Quando você voltar você vai estranhar, vai ter a impressão, não sei, que está na Bélgica. Os carros importados estão por toda a parte, Mercedes, Volvos, BMWs, uns japoneses lindíssimos que parecem umas panteras, bem japoneses no jeitão mas lindíssimos, tem tudo que você quiser, e se quiser uns mais baratos, e mais baratos até que os brasileiros, tem também. Tudo na maior tranqüilidade. E *ele* é desse ramo. Um gato imenso. Nada como esse pessoal dos 40 cheio de grilos como o Tico e outros que você conhece tão bem, charmosos mas cheios de grilos demais, às vezes. Gente que está com a última chance de aproveitar a vida e tem medo. Incrível. O maior carinho eu sinto pelo Tico, mas a verdade é que do jeito que as coisas acabaram ficando, ficaram muito bem. *Este* aqui tem 33, está na flor da idade, agitado e entusiasmado, mas não é nenhum adolescente, sabe muito bem o que quer da vida e escolheu querer a mim. E eu me dou toda pra ele, sem problema.

Pra falar a verdade, e pra continuar sendo sincera, foi bom tudo acabar com o Tico. Isso me evitou o problema de ter de escolher. Eu já estava com meu novo (depois de firmar, te digo o nome dele) ainda quando as coisas estavam bem com o Tico. Não é bem assim, que eu já *estava* com ele: eu tinha tido um caso com ele, podia não dar em nada, podia dar em alguma coisa. Como o Tico resolveu se mandar, acabou dando. Não era nada importante, mas acabou sendo. Não tenho queixas do Tico, mas, não sei, já estava ficando um pouco estranho mesmo. Fiquei tão grilada de ele viver me repetindo que eu não tinha cabeça, que eu tinha ido com ele fácil demais e que se eu ia com ele tão fácil assim eu podia ir com outros, e que ele não se importava muito com isso mas se importava com Aids, que acabei fazendo um teste só pra ele. Deu negativo, claro, e aí eu fiquei tranqüila com ele e com meu novo, porque nessa altura a gente já tinha transado, embora tivesse sido uma vez só. Nem sei direito se esse teste pega as coisas que tenham acontecido, sei lá, na véspera. Mas fiz o teste só pra mostrar pro Tico. Agora, pergunte se ele fez. E ele deve ter mais razão do que eu. Mas nem falou nisso. Os homens são sempre uns covardões mesmo, nessas coisas. Tudo bem, eu fiz e deu tudo bem. Serviu pra me tirar umas dúvidas.

Pra falar a verdade, eu acho que ele tem um caso, ele também. Só pode ser. Não disse nada, não fala uma palavra, mas eu tenho certeza. Ele está escondendo alguma coisa. Pra mim, preferiu dizer que era o trabalho dele, que nunca ia dar certo entre nós do ponto de vista do dinheiro, eu com as crianças, ele vivendo do que vive e como vive, egoísta até o fim. Deve achar que foi muito elegante, não me dizendo que tinha um caso. Acho que ele pensa que eu me sinto menos humilhada por ele me deixar por causa do trabalho do que por causa de outra mulher, ou de outra *pessoa*, se você sabe o que eu quero dizer. Pra dizer a verdade, nem sei o que eu prefiro. Mas foi bobagem dele. Podia chegar pra mim e dizer o que era, já passei dessa fase de querer ter tudo só pra mim o tempo todo. Se ele me dissesse, eu compreenderia e a gente veria como ficava. Podia ser até que, no fim, eu acabasse escolhendo ele mesmo. Gosto dele, ele é mais sólido, mais charmoso e é um tesão na cama. Não sei se as duas que meu novo dá em seguida valem a uma só habitual do Tico. Mas deu no que tinha de dar. A gente se separou numa ótima, ou mais ou menos. Vou sentir falta dele. Mas logo logo esqueço tudo. Já esqueci. Com ele era mais intenso, era tudo quase um drama, mas agora me divirto mais. Vamos dançar pelo menos uma vez por semana, adoro dançar, e o Tico era mais de ficar parado. Tem o Colúmbia, que eu adoro, você não conhece. Me sinto moça de novo. De novo nada, porque quando eu era jovem nunca fiz disso, nem tinha onde ir naquela época e depois o Renato não gostava também. Estou adorando. Agora estão na moda uns decotes bem grandes, bem baixos, me sinto livre, aberta, todo mundo me olha, *ele* não dá bola pra isso, está ótimo.

Achei que você ia gostar de saber. Não me queira mal por tudo que aconteceu e que já é passado. Nem ao Tico. Ele sempre me falou muito de você, e sempre com muito respeito. Com muita admiração.

Que tudo dê certo pra você, como está dando pra mim.

Um beijo muito carinhoso da sua de sempre

Lina

Meu querido Antônio Carlos,

Decepcionado? Certamente. Surpreso? Temo não ter ficado excessivamente surpreso. Terá havido uma falha no processo, e ela vem de mim. Como economista, sou imperdoável. Seja bondoso, não espalhe. Uma falha que se localiza entre os dois últimos elos da cadeia. À tua pergunta — É pra valer? — respondi imediata e diretamente. Foi meu erro. A resposta tinha que ser mediada e indireta. Confesso uma impaciência desejosa que me levou à precipitação. Estes atos impulsivos devem ser controlados, são arriscados, podem pôr a perder um lento e minucioso trabalho ritual que está se encaminhando para um desfecho feliz. Meu passo em falso encontra sua origem na interpretação inconsciente que fiz da tua pergunta, como sendo ela também a manifestação de uma impaciência desejosa. Um instante de reflexão teria revelado o ponto de interrogação como o essencial da mensagem. O desejo existe, porém ainda agrilhoado pelos liames de um ponto de interrogação. Ah! meu querido, por que não preferiu um de exclamação?

Estou diante de uma alternativa. Recuar um pouco no tempo e inserir agora o elo faltante. Ou ir adiante, tomando a sua ausência em Búzios como uma rodada do jogo.

Tentemos a primeira hipótese:

Meu caro Tico,

Não é pra valer. Enquanto for pra valer, permaneceremos nos domínios do economista que se tornou não um profeta, mas um sacerdote. Profeta é a moça do tempo. A massa de ar frio desloca-se para o Atlântico. A máxima será de 28 graus, pancadas de chuva em pontos isolados: controlamos o universo e o nosso futuro imediato. O economista esquadrinha o nosso passado imediato, é o sacerdote que oficia quando sua televisão anuncia que a Bovespa fechou em alta de 0,3%, após um movimento de 23 bilhões de cruzeiros, a telespectadores que não têm idéia do significado deste mistério — e se tem significado — mas nem por isso desgrudam o olhar do vídeo. Estes 23 bilhões parecem a festa do esbanjamento, mas é fingimento. Estamos ainda no reino do valor controlado. Como todo valor.

Antônio Carlos, passemos, de leve que seja, o limiar do valor. Proponho-lhe o esbanjamento gratuito, do meu desejo em você, do teu em mim.

Te aguardo, indiscutivelmente
nesse jogo
já matizado de ternura
Magro

Memória de Búzios. Não ter vindo, é a genialidade de Antônio Carlos. Antes de me honrar com sua presença, antes de se oferecer a meu olhar, ele exige de mim mais uma prova: o recolhimento solitário, num lugar por ele escolhido. Obedeci. Me entreguei às artes solitárias que, quando bem praticadas, têm um charme envolvente. Ballantine's, óleo de amêndoa doce, movimentos lentos diante de um espelho me prepararam para

Você

Magro meu velho,

você já percebeu, não deu pra ir. Parece que você estava adivinhando. O céu desabou sobre minha cabeça na última hora, ainda tive lucidez bastante pra te ligar correndo mas ninguém respondeu em tua casa, nem sua secretária mecânica. Liguei e voltei a ligar mas você já devia estar na estrada. Depois te conto, você vai gostar de saber. Já imagino você se deliciando com minha história. Ainda me acontecem coisas inesperadas. Fico feliz — mais ou menos, enfim — por *ainda* me acontecerem coisas inesperadas. Às vezes é inesperado demais, mas... O fato é que desabou o céu sobre mim assim de uma vez, quase sem aviso, uma tempestade furiosa que não me deixou ver um palmo adiante do nariz, eu mal conseguia distinguir as formas do que acontecia a meu redor. Dessas que te deixam paralisado, rajadas por todos os lados, de cima e de baixo, vendaval descontrolado, você está na chuva e não consegue ir pra frente, nem voltar, fazer nada além de ficar parado e esperar passar pra ver o que sobra. A força da paixão, meu caro. Enfim, eu tinha saído na chuva, tinha de aceitar me molhar mesmo. E me molhei...

Agora, sua carta é um sarro — essa que você me mandou de Búzios, chegaram duas quase ao mesmo tempo mas a primeira, ou segunda, sei lá, nem comento embora também tenha sua graça, uma graça tétrica. Você teria dado um excelente escritor de humor. Tanta gente sem graça escrevendo nessas revistas — tem um só mesmo, Millôr I e único, imperador perpétuo —, você deveria se candidatar. Teria onde destilar seu charme e seu veneno. A primeira imagem que me veio à cabeça foi o Satyricon, do Fellini, cenas romanas, suntuosidade e luxúria, refinamento e imaginação. Sua imaginação é imensa, Magro meu caro. Você poderia muito bem ser um belo escritor erótico, desses inteligentes e finos, que é do que estamos precisando. Não sei como ninguém pensou nisso ainda. A atmosfera que estamos vivendo pede isso, exige isso, *isso* é a única coisa viva em que as pessoas podem tocar, a única coisa que pode tocar as pessoas. Mas só tem baixaria no mercado, tudo explícito e grosseiro, ou pobre e ambicioso. Tenho certeza que com você seria diferente, sua carta é uma amostra entusiasmante. Só não me declaro um defensor total dela porque sei muito bem que essa gozação, essa pilhéria toda contigo mesmo e com todos, comigo, é o mesmo recurso de sempre para você construir sua porta de ferro entre você e o mundo, entre você e mim — entre você e você mesmo? Outra vez e sempre, não é, meu caro? Não tem jeito mesmo, pau que nasce torto... Nessa carta, é apenas isso que me deixa com um gostinho ruim na boca: quando penso que vou te tocar, barabrum kract: a porta desce de novo e eu fico olhando o Magro de sempre do outro lado da vitrine...

Quantos uísques com água de coco você já tinha tomado quando me escreveu essa? É sua vingança suave por eu não ter ido. Tudo bem. Querendo me comprometer, hein, Magro magrão, infame coração. Você não presta mesmo.

Me ocorre agora que pode não ter sido apenas um exercício de estilo mas que algo de carne e osso, mais carne do que osso, estivesse à tua frente te, digamos, estimulando no calor embalador e emoliente da praia tórrida... Depois de tuas inconfidências recentes, nada mais me espanta vindo de você. Provavelmente, espanta sim — o que, no fundo, é ótimo.

Bom, vamos falar sério. Bem que eu gostaria de ter ido, pôr o papo em dia, ouvir teus comentários fulminantes e irrecorríveis — mais uma porta... —, saber o que você está lendo, que filmes você viu, descobrir se nossos gostos ainda conferem ou ainda divergem, enfim essa lengalenga fútil e inútil em que a gente faz de conta que acredita pra fazer o tempo passar — não sei pra que, só pra ficar mais perto da morte. Horror. Horror. Enfim. Eu teria gostado muito. Precisava ter ido. Essa chuvarada metafórica me jogou num profundo poço escuro, me sinto terrivelmente sozinho. Eu deveria ter ido, naquela noite mesmo, era mais um motivo para eu ter ido. E sei, e você sabe, que não teria jogado minha angústia em cima de você: bastaria te ver para as coisas entrarem nos eixos. Não adiantou nada ficar por aqui, olhando as paredes, conversando adoidado comigo mesmo pra ver se chegava a uma decisão e não gostando nada do que eu me respondia e menos ainda do que eu me dizia. Mas fiquei e foi um erro. Erro é o que não tem me faltado. Isso é no que dá se entregar às paixões. Ou, talvez, no que dá recusar as paixões. Qualquer dia te conto.

Desculpe. Mas, quanto a você, me sinto culpado apenas em parte. Te conhecendo desde sempre, e te conhecendo mais agora, tenho certeza que você não perdeu a viagem, não foi? Depois você me conta. Sabe que sou um túmulo...

de seu

tico borrado

Não sei direito como dizer as coisas, Tico, escrever não é comigo. Como não tenho cara pra te ver cara a cara, preciso te dizer isto de algum modo. Saio da tua casa na maior fissura. Mas sem grilo. Chateado com toda essa história da Lina, isso eu estou. Ela deve estar pensando que foi tudo armação minha. Você também? Mas não foi, você precisa saber disto. Meu lance não era por aí. Pra mim foi tudo um pouco um sonho que eu não pensei que ia sonhar. Acho pena que tenha sido uma relação, não sei como dizer, limitada. O erro foi meu, avancei o sinal. Entrei na sua casa e o resultado foi um desastre total, fui um elefante numa loja de louça. Eu adorava quando a Lu me contava essa história do elefante na loja, eu achava o maior barato, ficava imaginando o elefante lá, paradão, com a maior cara de bobo mas com aquele sorrisinho de moleque que eles têm. Agora, eu sei o que é se sentir um elefante numa loja de louça. Engraçado um pouco é, mas me dá vontade de chorar. Que desastre, Tico! Você me desculpa? Nenhum drama, não é por aí. Eu vivo num mundo, o seu é outro. Adorei conhecer teu mundo, teu lance podia ser o meu também, mas acho que o meu nunca ia poder ser o teu. Como uma viagem, foi ótimo. Agora, claro, volto pra casa de mamãe, é o que me resta fazer. Seria o último lugar aonde eu queria ir porque aí sim é que todo mundo vai dizer isso e aquilo. Mas é o jeito. Desculpe eu te dizer isso, vai parecer até maldoso, e eu sei que é maldoso porque no fundo você é assim mesmo.* Mas às vezes você parece um daqueles caras que se estiverem preparados, uma força maior levará até... nem sei bem aonde, porque sempre esqueço o final, você sabe o que é, aqui em São Paulo os carros estão cheios desses adesivos. Você não é assim, eu sei, eu é que estou torcendo um pouco as coisas.

Quero um dia, mais tarde, voltar à Marginal com você, de noite. Nunca vou me esquecer. Quero ouvir tuas histórias loucas sobre esta cidade que me apavora e me interessa.

Amigos?

Rubinho

*Foi um lapso incrível, não sei como corrigir. Fica assim.

Meu Marcelo de sempre,

Absolutamente fantástico que você tenha me escrito. Fantástica a idéia de passar uma rasteira no destino, só podia vir de você.

Não estranhei demais o que você conta de Antônio Carlos, de um Breno de quem, a bem da verdade, não me lembro (e até de um Brentano de quem, a bem da verdade, nem me lembro), e de não sei mais quem, da Leila? da Bete? Recebi esses dias uma carta louca de Tico, uma cena conjugal epistolar, ele está completamente alucinado. As pessoas que me cercam ficaram todas alopradas. A tua carta chegou como uma refrescante chuva de primavera.

Confesso que nessa alopração generalizada tive, quem sabe, alguma responsabilidade. Espero que não me contamine. É que, você tem razão, freqüento árabes. Mais exatamente: *um* árabe. A situação ficou delicada, porque não era qualquer árabe. É uma pessoa que veio me ver no hospital. Eu não conhecia este homem, a não ser de nome. Alto, de barba, uma elegância simples, distinto. Trouxe flores. Se demorou pouco. Disse estar à minha disposição para qualquer ajuda. Estou para publicar fotos numa revista árabe (do tal prédio...), se ofereceu para fazer contatos por mim enquanto estivesse hospitalizada. Tudo isso falando baixo, com uma voz aveludada. Estava ligeiramente sedada, não me deram medicamento algum, a não ser calmantes leves, já que tinha que ficar na cama o dia todo. Este homem me apareceu então um pouco como num devaneio. Depois que ele saiu, dormi, quando acordei fiquei em dúvida se tinha sonhado ou não. As flores estavam aí e ele tinha deixado o telefone. Apenas algarismo, sem nome. Liguei saindo do hospital e passamos a nos encontrar com alguma regularidade, está sendo muito gostoso. Até aqui, nada demais. Mas:

quem é este homem? É o ex-marido de uma amiga minha que mora em Roma. Aí está o problema. Foi ela que pediu a Ahmed, como não podia vir pessoalmente ao hospital, para me visitar. A separação deixou seqüelas graves entre os dois, e com certeza ela teve que fazer um esforço imenso para lhe pedir este favor. Aliás, preciso lhe agradecer, no que hesito. Reconheça que não podia escrever a Leila para informá-la que Ahmed era meu amante. Nem à minha irmã, eu entraria no rol daquelas que roubam o homem das outras. Nem a Antônio Carlos. Ele nutre por mim uma paixão platônica (evidente na última carta), não quero fazê-lo sofrer. Como se não bastasse, ele fantasiou, há muito tempo, que Ahmed me desejava, puro delírio, Ahmed não me conhecia naquela época, nem eu a ele. Se lhe escrevesse que me relaciono com Ahmed, Antônio Carlos teria imediatamente tomado sua máquina de escrever e cheio de vitória: tá vendo, não falei!, mulher é assim mesmo etc. Aliás, essa carta que ele te enviou, não li, mas para mim ela tem um sentido claro que certamente escapa a você: não consigo seduzir a Lu; você que já a seduziu e é agora carta fora do baralho, me dá a dica. Tudo isto disfarçado de: Help! Lu está louca. Nestas condições, teria sido maldade da minha parte revelar os fatos a Antônio Carlos.

Achei prudente não dizer nada a ninguém, e você, meu querido-ex-marido, é a primeira pessoa a quem faço essa agradável confissão. Nem a Rubinho podia dar essa explicação, não havia como.

E todo mundo me escrevendo, me telefonando, volte, Melússia, volte. Tinha que dar alguma satisfação. Marcelo, não inventei nada. De fato estou com probleminhas de pele, o que não é nenhuma novidade, de fato fiquei em observação por uns dias num hospital. Apenas dramatizei um pouquinho. Só um pouquinho, nada mais. Era necessário dar uma explicação razoavelmente convincente às pessoas. O que parece ter desencadeado essa tempestade toda que chegou até você.

Lu, com um beijinho
todo especial

Lu querida,

Fiquei fascinado. Não com tua carta, mas com a seguinte. A que você já mandou e ainda não recebi. Ou que ainda não mandou e talvez nem escreveu. Mas que escreverá e mandará.

Para bom entendedor...

Marcelo
à espera

Não consigo vencer isso, é mais forte do que eu. Soa melodramático, eu sei, mas é exatamente assim: é mais forte que eu. Por que recusar o melodrama, se é a única constante que resta de tudo que fazemos. Melodramático, risível ou sorrisável mas é assim. Ridículo, como todas as declarações de amor e o contrário delas. Mas é assim. Não consigo suportar isso. Me repele, me assusta te ler, te ouvir dizer que você pensa em mim quando não estou com você. Me dá aversão, não se ofenda, a idéia de sua intimidade comigo quando eu não estou com você. É como se um braço grande me alcançasse por cima das ruas, através das paredes, me agarrasse e ficasse pendendo de mim por onde vou, se arrastando atrás de mim como um rabo gigantesco cheio de dedos que ninguém poderia deixar de ver e que no entanto todos fingem não ver por piedade para comigo. Sinto vergonha, de me perceber com esse rabo. Me corre um frio pela espinha quando te ouço dizer ''Eu decidi que vou ficar com você'' ou ''Decidi que você será meu'', não sei mais qual das duas você usa: ambas são terríveis. Me pergunto sempre se você percebe a enormidade do que diz. Me sinto completamente encarcerado, ao mesmo tempo humilhado: como algo assim pode ser dito para mim, para qualquer pessoa mas acima de tudo para mim? Como pode *você* dizer isso para mim? Devo ter decidido que não ficaria com você logo na primeira vez que te ouvi dizendo isso, bem no começo. Não é "devo": sem dúvida foi aí que soube que não ficaria com você. Me senti violentado, como se você estivesse entrando dentro de mim, remexendo minhas entranhas, pondo meu fígado mais para cá, apertando meu pulmão mais para o fundo, espremendo meu cérebro para baixo para fazer espaço para você. Eu não convidei você a fazer isso. Nunca pretendi te fazer um sinal nessa direção. Eu queria a mim mesmo aqui e você aí, fora de mim. Eu queria na verdade eu fora de mim. Queria até você fora de si — mas não dentro de mim. Pior do que você tentar me agarrar com seus braços, fisicamente, e me segurar na cama quando quero me levantar, é a imaginação de você me agarrando à distância. Você tem razão numa coisa: se você me tocar, quando você me toca, você me desmancha. As palavras que você manda para mim se grudam em mim, me imobilizam: você me coloca atado diante de você, você quer se banquetear comigo. No sexo, tudo bem. Na minha alma, não. Me pergunto como você pode se emocionar quando pensa em mim, me pergunto quem te deu esse direito, você me perguntou se eu estava de acordo em emocionar você quando você pensa em mim? Não tema me ferir, não tente me preservar, não me peça para eu cuidar de meu corpo, não se desculpe, pelo amor de deus, não me diga que você tem sido feliz comigo, que foi feliz comigo. Provavelmente nunca pensei em ficar contigo, nunca me ocorreu a idéia de ficar longamente com você, permanentemente com você. Nunca me ocorreu tampouco a idéia contrária. Nunca me ocorreu nada. Quando você fala de meu corpo, está bem. Quando você diz que tem saudade de meu pau, emocionante. O tesão toma conta de mim de imediato. Mas o que está por trás de meu pau é meu. Eu poderia ter te oferecido isso, talvez. Quem sabe. Um dia. Sem dizer, sem anunciar. Sobretudo sem anunciar. Mas você quis tomar, você não me perguntou se podia e quis tomar. Não posso dar. Não quero dar. Se eu te der, se eu te desse meu eu, ia ficar com o quê? Com você? Você jamais poderia se dar para mim. Você não suporta que eu desapareça — e o que eu gosto de fazer é aparecer e desaparecer. Como um mágico. Aparecer e desaparecer. Feche os olhos e eu estou aqui, feche os olhos e eu não estou mais aqui e você nunca saberá onde estou e onde estive, nem quando volto nem se volto. Talvez a mágica fracasse e eu não volte mais. O que nunca acontecerá é a mágica fracassar e eu ficar para sempre. O que você não suporta será isso: que eu desapareça aos poucos e eventualmente sem que tenha havido uma briga, sem que tenha havido um motivo. O que você não suporta é que eu me desvaneça sem razão. Se você me deixasse ficar na luz e sombra eu talvez precisasse me esfumar menos. Mas você não suporta que eu gradualmente me apague diante de seus olhos sem que seja claramente um ato contra você, sem que seja claramente um ato a favor de outrem. Eu gosto de desaparecer. Eu preciso desaparecer. Não sei por quê. Quero ser olhado, mas não quero que me olhem. Pode ser? Por favor? Olhe, mas finja que não me olha, mas me olhe. Por favor. Eu quero desaparecer e aparecer, quero levar meu desejo comigo e depois trazê-lo de volta: você não acredita nisso, você pensa que vou pôr meu desejo em outro lugar. Não vou. Ou posso até pôr meu desejo em outro lugar: o problema não é esse. Sei que para você o problema é esse mas para mim não é. Você não quer apenas provocar meu desejo, você quer comandar meu desejo. Meu desejo é pequeno para isso. É um desejo monstruoso, eu quero às vezes seu corpo e quero entrar nele de imediato, sem pedir, sem avisar, às vezes eu quero meter em sua boca, às vezes eu quero meter em seu olhos para que você olhe meu desejo de perto, para que eu entre nos teus olhos como você quer que eu entre, para que você não me olhe mais, para que você não tenha mais a visão de mim, de meu desejo, de seu desejo, de você no reflexo de meu desejo. É um desejo enorme, furioso, total. Mas é um desejo pequeno para o que você quer. O que você quer de mim? Eu, não quero nada de você. Eu quero você, ou queria você, e não quero nada de você. O que eu quero de você é muito maior do que você. E você, você quer *a mim*: é muito pouco para mim. Eu sufoco. Você vai dizer que alucino, que invento. Não invento: suas palavras estão aí, é de sua boca que elas saem, da tua máquina de escrever. Eu não poderia ficar com você do jeito como você comandaria que eu ficasse. Por favor, não se desculpe. Eu não me desculpo. Mesmo porque, você não me desculpa. Cansei, só isso. Não exatamente de você: devo ter me cansado de mim através de você. Nunca quis ser ator, embora eu seja um grande ator: a idéia de dizer e fazer noite após noite sempre as mesmas coisas me aniquilava, me provocava a única e verdadeira náusea que jamais senti.

Estou me desmaterializando. Vou fazer uma viagem pelas estrelas. Enfim.

tico

Marcelinho,

Que loucura é essa, Marcelo? Você não mudou nada.

Fique Vossa Senhoria sabendo que as coisas ocorrem com Ahmed de forma bem diferente do que aconteciam com você. O Senhor tem a mania ou o defeito de ir diretamente ao alvo. Mesmo num restaurante tua mão se infiltrava logo entre as minhas coxas e iam subindo. Enquanto isto, eu tinha que dar sorrisinhos desajeitados aos nossos convidados. Ou então, chegávamos em casa com amigos, você servia imediatamente um uísque e os mandava esperar para a gente dar uma rapidinha. Um pouco frustrante pela rapidez, mas reconheço que era excitante. Estava na cara que todo mundo tinha sacado, o que você sacava também, mas voltava à sala como quem não sabia de nada.

Não quero dizer que Ahmed seja melhor que você, mas a mulher que sou hoje prefere o comportamento dele. As duas primeiras vezes que nos encontramos depois do hospital, veio me buscar em casa para me levar ao restaurante, me trouxe flores. Da primeira vez, foi uma orquídea amarela, numa caixinha, achei formal, talvez até mesmo de mau gosto. Da segunda, uma mistura de flores campestres. Poderia ter sido só para variar. Era isso. Mas era também um sinal de aproximação, da familiaridade nascente. E a orquídea perdeu qualquer tonalidade eventual de mau gosto. Ahmed é um árabe de extraordinário requinte. Fomos comer ostras com vinho branco. Ahmed falava pouco, quase nada. Me fazia falar. Mas seu olhar preto não me largava um instante, penetrava em mim, já não sabia o que dizia, ouvia minha própria voz como um murmúrio que me envolvesse. Ahmed, impassível, não reagia a nada que eu dissesse. Só olhava. Quando pediu a conta, o encanto como que se quebrou, voltei a mim e observei de mim para mim que ele tinha muito talento. Me acompanhou em casa. Convidei para tomar um uísque. Ele só podia aceitar, mas recusou, sem nenhuma justificativa, devo levantar cedo amanhã ou coisa assim. Nada. Eu não sabia o que pensar. Ele queria um relacionamento entre amigos? Tinha eu dito ou feito alguma coisa que lhe desagradasse? Pensava me desejar e se tinha dado conta de que não me desejava? Eu o desejava. Da terceira vez, não levou flores, não fomos comer nem ostras nem peixe como das primeiras, comemos carne, e por cima da mesa ele pegou minha mão. Não pegou, roçou, mas a descarga elétrica foi maciça. Ahmed tinha deixado acumular o desejo em mim, e nele, até um ponto insuportável. Ele me fazia uma corte lenta que adensava o tesão dentro de nós. Não sabia mais qual seria o próximo passo, não sabia o que eu devia fazer. Só podia me deixar guiar por ele, e era isso que eu queria. Chegando à porta de casa, ia mais uma vez formular meu convite, sem convicção na verdade, pois era uma formalidade repetida e ele não aceitaria. Nem me deixou falar e quase que me empurrou para dentro. Mais do que surpresa, fiquei tão perturbada que não achava a minuteria e subimos os três andares no escuro. Lentamente, para não tropeçar, em silêncio, sem nos tocarmos. Eu quase ofegante. Ouvia a respiração forte dele. No andar, tive que acender a luz para abrir a porta. Não fomos ao quarto, aí mesmo, me agarrou, me mandou tirar a roupa, ele tirou, estava em ereção. Deitamos no carpete. Imediatamente, sem demora, me penetrou com o dedo, me sentindo já úmida, me penetrou com o membro. Pensando depois, não resta dúvida que esta não seria uma boa técnica para amar uma mulher. Mas logo de início foi como se já estivéssemos no auge, como se tudo tivesse começado dias atrás, na primeira ostra, e agora estivéssemos chegando à explosão. O corpo grande e esbelto de Ahmed lhe permitia, sem sair de mim, me beijar, me chupar os seios e o umbigo. Marcelo, cheguei à beira de perder a consciência. Sentia que precisava me agarrar a alguma coisa, a qualquer coisa para reter algo de mim. Um detalhe. Pensava obsessivamente, era minha âncora, que não queria arranhar-lhe a pele com as unhas compridas. Isso ficava se repetindo mecanicamente na minha cabeça (e não deu certo, porque acabou levando uns arranhões). Isto ficou girando sozinho na minha cabeça, não era nem mais eu que pensava, enquanto o pau de Ahmed se afundava e saía até a cabeça e voltava. Quando arqueava o corpo para meter a língua com saliva quente no umbigo, minhas mãos se agarravam a seu pentelho espesso e puxavam, Ahmed rosnava. Deitava sobre mim, minhas pernas se dobravam nas suas costas, minhas mãos amassavam suas nádegas firmes e peludas. Não falamos nada, desde que entramos em casa, desde a porta da rua, não falamos nada. Ahmed me fez gozar quatro vezes. Quatro, antes era tão difícil gozar pelo menos uma. Da última vez que gozei, ele também, não apenas com o pau, com toda a musculatura, com todo o seu cheiro acre, me comeu por dentro e por fora. Me fez gozar não só com a boceta, mas cada poro de minha pele gozou. Que sexo era isso, eu não sabia.

Marcelo, tenho muito mais para contar. Não vai pensar que essa técnica fogosa é *A* técnica de Ahmed. A segunda vez foi tudo diferente, lenta, delicada, demorada. Mas não vou te contar, afinal não estou escrevendo *As mil e uma noites* do erotismo árabe. Precisava partilhar com alguém essa experiência, essa nova vida. Quando se vive uma experiência erótica intensa, a gente se erotiza por inteira. Essa erotização passa para o mundo que fica todo erotizado. Se tua cabecinha maliciosa achar que tua ex-esposa virou escritora pornô, se por acaso, Marcelo, isso pintar na sua mente, tenha a certeza de que não entendeu nada e que você é um escroto. Mas tua cabecinha é inteligente demais e saberá apreciar o que essa carta quer dizer.

Um beijo amigável

Tua amiga Lu

Rubinho, meu filho

Quem lhe escreve é um tio que gosta muito de você. Você é jovem, ainda precisa do amparo familiar. Podemos viver juntos, Alberto, Antônio, Cecília, você e eu e sermos felizes. Claro que você precisará viver sua vida, independente, como todo homem, como meus filhos, e como Cecília. Mas na sua idade, ainda é cedo. Se você viesse morar conosco, daria uma imensa felicidade à nossa Anna Paula. Ela ficou muito desgostosa de você ter desprezado a oferta de vir morar aqui. É claro, Rubinho, que este não foi o desgosto que a levou a esse trágico fim. Mas agora que aconteceu, devemos nos conformar e fazer o melhor para nós todos que lhe sobrevivemos. Aqui em casa, você poderá convidar seu amigo Antônio Carlos. Os tempos estão muito mudados, cada um tem as suas escolhas. Antônio e Cecília vão gostar muito dele, vocês são jovens e se divertirão juntos. Quando vocês todos tiverem acabado os seus cursos, tiverem uma profissão, forem empregados, claro, todos vão viver sua vida. Vão casar, ter filhos.

Mas agora, Rubinho, é cedo. Por um erro de juventude, pode-se pôr uma vida toda a perder. O que fará mais tarde, se agora não se preparar, não tiver segurança e tranqüilidade para estudar, obter um diploma? Pense bem, é seu tio quem lhe pede.

É um momento decisivo de sua vida. Há assim alguns momentos na vida em que não se pode errar. Errando agora, tudo o que vem depois fica torto. Isto não é só para vocês, que são jovens. Para os adultos também. Eu estou vivendo um momento que exige decisão firme. Os cinqüenta anos estão chegando, para você deve ser a velhice máxima, mas ainda não é, ou pode não ser se se tomar a decisão acertada. Os 50 e o falecimento de sua tia, com quem tive três filhos e fui feliz. É o momento de todos nós reagirmos.

Sei que você vai fazer uso do bom senso. Você é jovem, um garotão, como se diz, gosta de se divertir. É da sua idade. Sei que sua vida não é fácil, com pais divorciados. Mas hoje isto acontece com tantos jovens. Sei também que você é sensato. Você tem momentos de "piração", é natural, não fique inquieto por isso. Mas é capaz de tomar uma decisão refletida provando a sua maturidade. É só telefonar e dizer: estou chegando.

Teu tio que te ama como um pai

Emílio

Minha querida,

Quem escreveu a carta que acabo de receber, assinada Lu? Não é a Melússia que eu conheço. Talvez não seja Melússia nenhuma.

Fico estupefato ao pensar que a senhora que se deixa montar por um garanhão integrista é a mesma jovem que me dizia baixinho: não me machuque, e relutava em abrir as coxas que eu tinha de apartar com alguma força. Essa boceta estreita que deixava filtrar um líquido fresco como um cristal de rocha, como fica ela, forçada por toda essa musculatura? Não é da bocetinha da Lu de que tu me falas, mas de uma boceta italianona, explodida, cabeluda, sugosa. E atraente. Talvez a tivesse preferido a essa mocinha de porcelana que eu tive. Nesse universo todo contaminado pelo teu pan-erotismo árabe, me sinto convidado. Enquanto o árabe trabalha arduamente entre as tuas pernas, seguro a tua cabeça, e outra obsessão, que não as suas unhas, pode girar indefinidamente. Deixas penetrar na boca o membro que tanto te amedrontava mas que, secretamente, não desprezavas. Nessa tua nova vida, tu te esforças para engoli-lo até o saco, não consegues, mas teus esforços não têm limite para sentir fundo os dois cacetes que te espetam. Por cima, teus dois machos se seguram pelos ombros, integrados no movimento rítmico de suas costas, e tuas mãos têm dois pentelhos para arrancar, duas bundas para alisar, uma peluda, outra lisa. As ondulações do teu corpo sobem pelos nossos paus, pelas nossas pernas. Ao sentir a aproximação do paroxismo, pego de mão cheia os cabelos duros de Ahmed que puxa os meus com violência. Gritamos de dor e de gozo. A dor, o grito e o gozo giram pelos nossos três corpos. Dos três corpos nasce uma gargalhada que nos espanta e nos sacode aos três. Que viagem! Estou todo suado, Lu, nem percebi. A carta me escapou, ela se escreveu sozinha. Percorro algumas frases, nasceram da mão de outro, não foi a minha. Dona Melússia, melhor parar por aqui. Por enquanto. Continuaremos, está começando a ficar divertido.

Aquele beijo na tua bocetinha

Marcelão

A! Carlos, caríssimo,

Cada palavra que eu deixo solta agora neste papel me custa um esforço tremendo para arrancar de dentro de mim — uma luta tão gigantesca que essa palavra, cada palavra, deveria ficar presa cimentada no papel, concretada para sempre. Mas meu medo terrível (minha certeza) é que elas descolem assim que você rasgar o envelope, despenquem oscilando, e, antes que você possa lê-las, se percam na sujeira asquerosa da rua onde você tentou apoderar-se delas (se é que ainda sei onde você gosta de ler cartas). Não sei exatamente por que lhe escrevo, afinal. Para quê. Não sei por que fui concordar, porque fui lhe dizer que iria dar uma olhada em nossa Medusa, em nossa Górgone, para você. Por você. Por mim? Essa idéia nunca teria me ocorrido se não fosse por sua carta. Depois de Milão, vim pra cá espairecer, fazer nada, andar como um mendigo da alma sem intenção, sem culpa e sem tesão, andar frouxamente, pensar molemente, sentir amenamente. Eu devia saber que não seria assim desde que lhe prometi que viria dar uma olhada *nela*.

Não fui ao endereço que você me deu. Óbvio. Jamais poderia fazer isso, nenhuma força maior me obrigaria a fazer isso. O contrário teria de acontecer (mas esse contrário jamais poderia acontecer: uma Górgone não perdoa — mata). Para satisfazer meu amigo, para atender meu Carlos, A!

Carlos, eu só poderia agir por artifício. Forçar um encontro casual, por exemplo. Forçar um encontro casual, A. Carlos. Três vezes eu fui ao Instituto Árabe, numa semana. Descia do ônibus ora em Cardinal Lemoine e caminhava até o instituto pelo Saint Germain, olhando todos os cafés e todas as livrarias; ora em Jussieu, e voltava para o instituto enfrentando, sem razão (quanta tolice), o vento gelado que corre pela calçada da universidade; ora bem antes, em Maubert-Mutualité, para passar pela feira, talvez ela andasse por ali. No quarto dia, que eu achava que seria o último, eu a vi, de costas. Caminhava num passo apressado, um pouco adiante da parada do ônibus. Tentei forçar um encontro casual. Entrei por uma viela à direita que dá na rua da universidade e permite voltar a Saint Germain e ao instituto: ficaríamos frente a frente. Mas ela havia desaparecido. Entrou no instituto, em algum lugar: não sei. Ela estava sozinha. Anotei a hora e voltei no dia seguinte. Nada. Mais um dia e ela estava lá outra vez. Saía do instituto, esperava para atravessar a rua, do outro lado, à minha frente. Desta vez fui eu quem sumiu. Ela estava sozinha, parecia descontraída, quase alegre. Voltei de novo, na mesma hora, noutro dia, como um pateta. O que você queria que eu lhe dissesse ou perguntasse, afinal? Só você mesmo para me obrigar a uma coisa dessas. Ela não parecia tão bem desta vez. Fiquei com a impressão de que acabava de se despedir de alguém, mas não vi quem. Desta vez nos cruzamos e também se cruzaram nossos olhos — pelo menos o humor vítreo e o cristalino de nossos olhos se cruzaram. Em vez de transformar-me em pedra, quem se imobilizou foi Medusa. Ela não me viu, ou não me registrou, o que é fantástico: não sou de se jogar fora, você reconhecerá. Eu olhei os olhos dela e o que eu vi foi você, foi um dia bem no meio dos anos 80, foi essa sua cidade imunda, foi você aí e eu aqui, outras coisas tantas que você não conhece porque só existiram para mim. O que você está fazendo aí, A! Carlos, o que eu estou fazendo aqui?? Essas visões e descolamentos do espírito acontecem, sim, acontecem, meu Carlos caríssimo e anestesiado, principalmente quando não se come direito como não como direito quando estou aqui. (Eu tenho espírito, eu tenho um espírito!) Ela foi para um lado e eu fui para o outro. Quanta emoção desperdiçada.

Hoje de manhã voltei lá, mas não lá exatamente. Atravessando o boulevard, tem um ponto em que você pode ver o Sena bem sob você, na Pont de Sully, e olhar a uma distância oticamente confortável o instituto, do outro lado. Estava uma manhã fria, bem fria, um céu azulíssimo e um sol brilhante, sem força. Tinha planejado fazer uma coisa que sempre desejei fazer e nunca tinha feito por pudor, vergonha, medo do olhar do outro (você vai dizer que é coisa de filisteu — e no fundo é o que sou): levar uma garrafa de champagne e beber pelo gargalo às margens do Sena (sorry, vejo você aí nas margens do Tietê, que nem crase merece). Comprei uma garrafa de J. de Telmont, brut (''nec pluribus impar'', diz o brasão), 1983, grand vintage, rótulo dourado. O vidro da garrafa estava fresquíssimo em minha mão. Eu estava debruçado no parapeito do cais, pensando na vida, a garrafa fechada. Olhava as águas e olhava o prédio do instituto. Não sei se você sabe, esse prédio tem um artefato sensibilíssimo que faz a fachada mover-se em diferentes orientações conforme a luz do sol. Eu sabia disso, mas nunca tinha visto: você precisa ficar horas ali parado, para ver alguma diferença, e o sol de inverno não é tão forte para provocar mudanças sensíveis. Se você tem sorte, você passa um dia diante do prédio e tem uma sensação, passa outro dia e tem outra sensação, mas não sabe por que, não percebe o que mudou. Hoje de manhã, eu vi a fachada se mexer. Não sei como nem por que, mas vi a fachada se mexer. Ela se mexia. E então o prédio todo se mexeu. Eu desviei os olhos, vi as nuvens passando, voltei a olhar e vi o prédio todo se mexer. Uma sensação imensa de alegria e tranqüilidade, paz insuspeitável, me tomou. Paradisíaca. Não posso descrever. Fortíssima. Abri a champagne, que escorreu pela minha mão, pelo casaco. Pouca gente, bem pouca, me via, do outro lado da calçada, mas eu não me importava. Bebia champagne pelo gargalo e deixava a champagne me escorrer pelo queixo e pelo pescoço e entrar pela camisa, único modo de me matar a sede, única maneira total de me matar a sede desde que fui criança, criança. "Pai! Pai! Aonde você vai? Não ande tão depressa, responda pro seu filho, não corra ou você cai!" E tinha sol e não tinha pai nenhum ali e eu estava molhado de champagne.

Pensei ver o prédio se mexer por causa de um vento. Não havia vento nenhum. "Temi que a fúria de meu vento/ Varresse todas as flores belas & justas; Meu sol brilhou & brilhou/ E meu vento nunca soprou." Tive um acesso de choro de tudo, de todo, mas de todo imprevisto, eu não chorava há anos, há décadas, milênios, um choro revolto rápido, irreprimível irreprimível, me virando pelo avesso, grosso, bendito rápido, lágrimas, Carlos, lágrimas. Sem motivo, sem fim: das reais. Um choro. Um choro por tudo e por nada, um choro por uma imensa felicidade, uma devastadora e minúscula tristeza. Você não pode saber, nem eu posso lhe dizer. Não me senti aliviado, depois. O que você está fazendo aí, o que eu vim fazer aqui? Está ventando aí, hein?, está? Você está ouvindo algum vento aí? Você nunca deveria ter me escrito, eu nunca deveria ter permitido que você me escrevesse assim, eu nunca deveria ter respondido a você — essas coisas ínfimas, ralas...

Estou lhe mandando, por correio separado, a rolha de minha champagne. Não estou pensando em voltar. Para falar a verdade, não estou pensando em ficar.

Literalmente seu,

Brentano

Leila, minha amiga

Se me perguntassem: tem ou não tem um anjo da guarda?, sem hesitação responderia: tenho, e como! Quem? Quem poderia ser, senão Leila! Que forma pode tomar esse anjo? Ahmed.

Quando ele me visitou no hospital, eu estava muito mal. Não só fisicamente, com essa epiderme em revolta, mentalmente também, pois não via o fim dos meus sofrimentos. Nesse momento de angústia, você se materializou na minha frente, com flores e rosto de Ahmed. Te agradeço do fundo do coração, por mais essa gentileza inesquecível.

Depois, tive oportunidade de reencontrar Ahmed, que quis ter notícias minhas, acabamos ficando amigos. Comporta-se como um gentleman, sempre com mil atenções para a amiga da mãe de sua filha.

Assim que me restabelecer de vez, te escrevo mais longamente e penso até dar um pulo em Roma.

Tua Lu que te beija com gratidão

Melússia,

Por que tantos rodeios? Por que se desmanchar em explicações e agradecimentos tão retorcidos? Foi muito simples. Luísa está passando uma temporada com o pai. Já que estava em Paris, pedi que te visitasse no hospital. Foi só. O que mais poderia ter acontecido! Ahmed não iria te visitar! Então para que tantas imaginações?

Espero que você se restabeleça definitivamente. Antes de vir a Roma, caso você ainda tenha este projeto, me telefone. Devo viajar e talvez não esteja.

Um beijo

Leila

ESTA OBRA FOI COMPOSTA PELA HELVÉTICA EDITORIAL EM GARAMOND LIGHT E IMPRESSA PELA GRÁFICA EDITORA HAMBURG EM OFF-SET PARA A EDITORA SCHWARCZ EM FEVEREIRO DE 1993.